나침반을 가졌다면 조금은 달라졌을까

나침반을 가졌다면 조금은 달라졌을까

신현경

황원준

김우성

김태진

보리꽁

이주영

 나침반은 우리가 가고자 하는 방향으로 안내하는 역할을 한다. 우리 인생에서도 인생의 나침반은 분명히 존재한다. 하지만 지금, 이 순간에 나침반이 우리의 손에 들려있는지 아닌지는 아무도 모른다. 인생의 나침반은 태어날 때부터 가지고 있는 것이 아니기 때문이다. 삶이라는 길을 걸으면서 바닥에 떨어진 나침반을 줍는 그 순간이 우리 인생의 일부를 깨닫는 때일 것이다. 나침반이 떨어진 그 위치까지 가는 우리의 속도는 빨라질 수도 있고 느려질 수도 있다. 심지어는 나침반이 있는 곳까지 도달하지 못할 수도 있다. 때로는 나침반을 가지지 못했던 지난 과거에 대해 후회를 하는 순간도 분명히 존재할 것이다. 그때 내 손에 나침반이 있었다면 더 나은 선택을 할 수 있지 않았을까, 지금보다 더 나은 삶을 살고 있지 않았을까, 하는 이런저런 생각이 들 수는 있겠지만 애써 그 후회를 막고 싶지는 않다. 나침반을 찾지 못한 그 순간에 걸었던 길도 내가 걸어왔던 길이다. 그때가 있었기에 지금의 내가 존재한다. 나침반을 찾지 못했던 내가 어리석었다고 할 수 없고, 나침반을 찾은 후에도 옳은 길만 간다고 할 수 없다.

 나침반을 찾지 못했다고 망한 인생이 아니다. 반대로 나침반을 찾은 인생이 성공한 인생도 아니다. 나침반은 삶의 일부일 뿐, 인생의 전부를 결정짓는 요소가 될 순 없다. 우리의 인생은 보물을 찾는 여정이다. 인생의 나침반이 보물을 찾는 수단으로만 사용되기보다는 나침반 자체도 인생에 있어 하나의 보물이었으면 좋겠다. 길을 몰라도 나아가고 부딪히고 헤매는 과정에서 우리가 가려 하는 방향의 길을 알 수 있을 것이다.

지금 펼친 이 책도 여러분에게 있어 하나의 길잡이가 되길 바란다. 기성 작가들이 쓴 글처럼 단어 하나하나가 아름답다거나 커다란 감동을 주진 못할지라도 글에 담긴 우리의 마음이 이 책에 고스란히 녹아있었으면 좋겠다. 삶이라는 길 어딘가에 떨어진 나침반을 찾으러 가는 우리의 걸음 중 일부가 이 책 속에 들어있다. 나도 할 수 있구나. 해보니까 겁먹었던 것만큼 두려울 일이 아니었구나. 글을 쓰며 나침반까지 가는 길에 한 걸음을 내디뎠다.

다음에는 어떤 걸음을 내디딜 수 있을까. 벌써부터 나타나지 않은 내 앞길의 풍경이 기대된다. 책을 펼친 여러분의 길도 무한한 기대로 가득 차 있었으면 좋겠다.

- 공동저자 中 이주영

차 례

제 삶 못 보셨나요?

신현경

신현경   남들 다 하는 걸 남들이 하는 만큼만 하며 십 대를 지냈다. 한참을 따라
         걸어도 언젠간 따로 걸어야 한다는 걸 스물 초입에서 배우고는 베끼다
         망칠 바엔 마음 가는 대로 그려보자는 생각으로 살고 있다. 낯섦보단 익
         숙함을 선호하고 일상에 스며든 작은 변화에 설렌다. 새로운 도전을 자
         주 하기보단 마음에 드는 것 하나에 꽂히는 편이다. 까만 점에서 태어난
         무색무취의 활자 나열을 아끼고 그것이 하얀 바탕 위에 펼쳐내는 마법을
         사랑한다. 오롯한 개인이 한데 모이는 일과 하나의 우리 속에서도 서로
         를 지우지 않고 지켜내는 화음을 흠모한다. 오래도록 지워지지 않길 바
         라는 마음을 찾고 기록하려 한다.

잠 못 이루는 밤

당신은 고단한 하루를 보내고 집에 돌아왔다. 갑갑했던 옷을 벗어 던지고 개운하게 씻고 나와서 이제 하루를 마감하려 침대에 눕는다. 지칠 대로 지친 당신은 금방이라도 곯아떨어져야 맞는데 어쩐지 눈을 감지 못 한다. 잠들기에 이른 시간이 아니며 오히려 늦었다면 늦었을 시간이다. 그렇다고 당신이 잠이 없는 사람도 아니다. 회사나 학교에 남겨두고 온 일이 있어서 그걸 당장 다시 하고 싶어서 안달이 난 것도 물론 아니다. 당신은 분명 휴식을 원하지만 가만히 누워 잠을 청할 수 없다. 냉장고에 한 번, SNS에 한 번, 동영상 사이트에도 한 번 기웃거린다. 딱히 배가 고프지도 않고 누군가를 콕 집어서 애타게 보고 싶은 것도 아니다. 다음 이야기가 궁금해서 내일 아침을 고통스럽게 맞이하더라도 밤에 꼭 봐야 하는 에피소드가 있는 것도 아니다. 안 먹으면 그만이고 안 봐도 그만인데 그런데도 당신은 조금씩 무거워지는 눈꺼풀을 연거푸 들어 올리며 애써 잠을 미룬다.

만약 이 모습이 낯설지 않고 오히려 당신이 지내 온 숱한 밤과 유사하다면, 반갑다. 나는 당신의 동지이고, 당신을 찾아다녔다.

처음 잠을 미루던 건 아쉬움 때문이었다. 지쳐서 집에 돌아왔으면서도 그대로 그냥 잠들기가 못내 아쉬웠다. 그래서 괜히 SNS를 기웃거리고 볼만한 웹툰이나 새로 나온 드라마가 없는지 스크롤을 오르락내리락했다. 맨정신에 생각해 보면 말도 안 되는 행동이지만 정말 그랬다. 잠을 못 이루는 그런 밤은 이성이 통하지 않는 시간인 걸까. 보고 싶은 게 있어서 잠을 미루는 것도 아니고 졸음을 참고 버티고 싶어질 무언가가 *있을지도 모른다*는 마음으로 잠도 안 자고 찾아 헤매다니…! 별 대단한 일도 없이 애꿎은 잠만 미뤘고 아침이 가까워서야 사수하지 못한 잠이 아쉬워졌다.

바보 같은 일인 줄 안다. 만약 당신이 아직 이 정도까지는 아니라면 웃어도 좋다.

시답지 않은 일로 잠을 미루는 밤이 왕왕 이어지더니 어느덧 처음의 아쉬움은 억울함으로 변해갔다. 이젠 아쉬워서 잠 못 드는 게 아니라 억울해서 잠들 수 없었다. 그 심경을 한마디로 표현하자면 이랬다.

'내가 일하는 기계도 아니고! 하루 종일 한 게 일밖에 없어! 나 못 자!
아니 안 자!'

버티는 꼴이 꼭 떼를 쓰는 어린아이였다. 문제는 떼를 쓰는 것도 나지만 그걸 받아줘야 하는 것도 나라는 것. 차라리 바닥에 드러누워 엉엉 울어댔으면 속이라도 시원하고 남이 알아주기라도 했을 텐데. 다 팽개치고 놀러라도 나갔으면 사람들을 만나서 스트레스라도 풀었을 텐데. 이도 저도 아닌 어중간한 반항은 혼자만 괴로운 자학에 그칠 뿐, 해결되는 건 아무것도 없었다.

그렇다고 일하는 게 싫은 건 아니었다. 오히려 일을 잘하고 좋아하는 편에 가까웠다. 아이들이 좋다는 이유 하나로 덜컥 시작한 일이었는데 다행히도 적성에 잘 맞았다. 종일 아이들과 부대끼면서 저들끼리 재잘거리는 수다를 듣는 것도 좋았다. 말도 안 되는 고집과 실랑이해야 하는 것도, '선생님, 선생님!' 하며 장난기 가득한 눈으로 건네는 난센스 퀴즈를 맞혀야 하는 것도 그 나름의 재미가 있었다. 무엇보다 아이들이 보여주는 성장이 기쁨의 원천이었다. 고래가 칭찬에 춤을 춘다면 나는 아이들의 성장에 춤을 췄다. 가끔은 일이라는 것도 잊고 아이들이 한 단계 한 단계 해내는 모습에 내가 다 신이 나서는 시키지도 않은 초과근무를 자처할 정도였다. 넘치진 않아도 보상이 있었고 노력한 만큼의 성취감도 종종 맛볼 수 있었다. 한마디로 보람을 느끼기에 모자람이 없는 일이었다.

그런데도 하루를 돌아봤을 때 일만 우두커니 존재하는 건 도무지 견디기 힘들었다. 오늘은 어제와 비슷했고 내일은 오늘과 유사할 텐데. 그렇다면 이건 내가 앞으로도 할 수 있는 게 일밖에 없다는 얘기였다.

'나는 정말 일만 하려고 태어난 사람일까?'

속상한 마음이 한숨처럼 입 밖으로 나왔다. 실제로 그렇게 믿었던 건 아니었다. 그저 한탄이었다. 분명 그랬는데 말이 씨가 되었던 걸까? 이상하게도 이 얼토당토않은 말에 신빙성을 흉내 내는 것들이 따라붙기 시작했다.

SNS를 켜면 세상에 나만 오답인 것처럼 눈앞이 아득해졌다. 누구는 잘 꾸며진 카페에 다녀왔고 누구는 지인들과 소소한 만남을 가졌다. 해가 지는 저녁에 자전거를 타고 공원을 돌았다거나 서점에 들러 마음을 든든히 채울 책을 산 이도 있었다. 부모님과 근사한 저녁 식사를 하며 앞으로 더 효도하겠노라고 다짐하기도 하고 깜짝 선물을 준비한 연인에게 세기의 사랑이라도 될 법한 고백을 전하기도 했다.

그리고 나만! 나만 일했다. 꼭 그런 것만 같았다. 물론 이게 정답이 아니라는 건 알고 있었다. 게시할 사진 한 장을 건지기 위해 얼마나 많은 사진을 찍어야 하는지 모르지 않았다. 식어가는 커피를 놓고도 마음에 드는 한 컷을 위해 카메라를 왼쪽 오른쪽 위아래로 연신 움직였을 터였다. 어쩌면 가족과 대판 싸우고는 씩씩거리며 방문을 닫고 들어간 후였을 수도 있다. 그래 놓고 마치 다른 캐릭터로 로그인하듯 딴사람이 되어 세상의 아름다움을 찬양하고 행복을 노래했을 수도 있는 일이었다. 문제는 이걸 머리는 아는데 가슴이 모르는 척한다는 거였다.

그렇게 SNS 속 사람들을 동경하기도 하고 질투하기도 하다가 남몰래 깎아내려 보기도 하고 다시 선망하기도 했다. 내겐 없는 여유가 다른 사람들에게는 있는 것 같았다. 그들처럼 소소하게라도 지인을 만나 시간을 보내고 싶었고 지는 노을을 구경하고도 싶었다. 소중한 인연에 감사하며 마치 마음속에 마르지 않는 샘이라도 있는 것처럼 넘쳐나는 풍요를 마음 가득 느끼고 싶었다. 그런 여유만 있다면 행복할 것 같았다. 그럼 적어도 일만 한 건 아닐 테니까.

그런데 이상했다. 투정을 부리며 하지 못해 안달이던 것들이 따지고 보면 딱히 금지된 일도 아니었다. 해는 하루에 한 번씩 무료로 지고 있었다. 시간 날 때 차나 한잔하자고 기약 없이 걸어둔 약속도 수두룩했고, 조금만 자세히 살펴봐도 감사할 일이 넘쳐나는 게 사람 인연이었다.

어쩌면 일상 속 몇몇 일들로부터 해방되고 싶었던 마음이 현실을 통째로 지워버렸던 것도 같다. 그래서 있는 것도 못 보고 마치 처음부터 없었던 일인 양 다른 사람들만 부러워하게 된 건지도 모른다.

언제부터인지 정확히 알 수는 없지만 한동안 꽤 오래 이런 상태였다. 살아는 있지만 사는 것 같지 않은 상태. 사는 사람이 나니까 내 삶이긴 했지만, 내가 살면서도 내 삶이 아닌 것 같은 그런 상태. 한마디로 삶을 잃어버린 상태였다.

훔친 사람도 없이 잃어버린 사람만 있었다. 혼자만 이런 건 아닌 것도 같았다. 삶이란 게 원래 아무나 가질 수 없는 거였을까? 다들 못 가졌는데 혼자 투정을 부리는 걸까 봐 하소연하기도 어려웠다. 세상 물정을 몰라도 너무 몰라서 감히 욕심을 내는 일일까도 싶었다. 그렇게 어느 날은 나 빼고 다 행복해 보였고, 어느 날은 또 다들 어영부영 살아가는 거 같았다. 어느 쪽이든 크게 위로가 되진 않았다.

주어진 삶을 살고 있지 않다는 느낌은 뭔갈 잃어버린 허전함과 비슷했다. 그러다 삶의 끝에 선 모습을 생각했다. 그때가 되면 무언갈 마주하게 되지 않을까 싶었다. 비록 지금은 알 수 없더라도 삶을 지나오는 내내 본인만을 기다리고 있었을 그 무언가를. 다른 사람들은 몰라도 본인만은 그것의 가치를 알아볼 수 있을 거였다. 그런데 만약 이대로 삶을 다 흘려버리다가 마지막에 나만 아무것도 마주하지 못하면 어쩌지? 이런 생각이 들자 허전함은 두려움으로 번졌다.

삶이 보물찾기라면 멀쩡한 지도를 뒤집어 들고 뻘짓을 하는 것도 같았다. 남의 지도를 들고 있는 게 아니라면 차라리 다행일까. 애써서 찾은 보물에 남의 이름이 적힌 걸 본다면 분해서 그대로 주저앉을지도 몰랐다. 기회를 뺏긴 것도 아니고 양보한 것도 아닌, 이도 저도 아니게 날려버린 상황일 테니까. 그제야 두고 온 지도가 뭐였는지 가물가물한 기억을 되짚어본다 한들 부질없는 후회에 지나지 않을 것이었다.

그러고 싶지 않았고, 그렇게 될까 두려웠다. '내 삶'이 아니라고 해도 내 시간을 쓰는 일이었다. 보물을 찾는 게임 중이라면 몇 번은 있었을 기회가 한 번뿐인 삶에선 있을 리 만무했다. 내 지도가 어디에 있는지, 남이 읽는 지도가 누구의 지도인지 제대로 알지도 못하면서 어영부영 따라 걸을 순 없는 노릇이었다.

절대 많은 걸 바라는 건 아니었다. 지구를 구하겠다는 원대한 목표를 가진 것도, 우주에 평화를 불러오겠다는 대단한 포부를 품은 것도 아니었다. 지도를 따라간 끝에 놓인 상자에서 꼭 금은보화가 쏟아지지 않아도 괜찮았다. 세상 좋은 걸 다 갖겠다는 것도 아니니 내 삶만큼은 내 몫이어도 되지 않을까? 바라는 건 그저 그뿐이었다. 단지 내가 살아가는 시간에서만큼은 내가 오답이 아닐 수 있길 바랐다. 그럴 수만 있다면 사랑에 사무치고 외로움에 몸서리치는 밤이어도 좋았다. 아무 이유 없이 홀로 괴로운 밤보다야 나을 테니까.

삶을 사수하겠다고 마음을 먹는다고 즉시 뭐가 달라지진 않았다. 애초에 언제, 어디서, 어떻게 잃어버렸는지조차 몰라서 찾는 게 정확히 뭔지 특정할 수가 없으니 어찌 보면 아무것도 변하지 않는 게 당연했다. 참 난감했다.

옛날이야기 중에 나무꾼이 호수에 도끼를 빠뜨리는 이야기가 있다. 도끼를 잃은 나무꾼이 이러지도 저러지도 못하고 슬피 울자 그 소리를 들은 산신령이 나타나서 '이 금도끼가 네 도끼냐, 저 은도끼가 네 도끼냐'며 도와준다. 그때 나무꾼은 자신이 잃어버린 도끼가 무언지 정확히 알고 있었다. 그리고 자신의 도끼가 쇠도끼라는 사실을 숨기지도 않았고 남의 도끼를 탐내지도 않았다. 산신령은 그의 정직에 감복해 도끼 세 개를 모조리 선물로 주면서 이야기가 끝난다.

만약 자기 도끼가 뭔지 몰랐다면 어땠을까? 1/3의 확률로 잘 찍어서 웃으며 돌아갔을 수도 있고 금도끼, 은도끼는커녕 제 도끼조차 못 돌려받았을 수도 있다. 요행이라도 바라려면 일단은 똑똑히 알고 볼 일인 것도 같다.

그래서 우선은 나를 찾기로 했다. 김모 양도 박모 군도 아닌 오직 나만이 살아낼 삶이란 내가 누군지에 따라 달라지는 것일 테니. 말하자면 내가 신어야 할 신발이 무엇인지 모르겠으니 내 발 크기부터 재보는 일이었다.

'나'를 찾습니다

깜짝 퀴즈이다. 여기까지 온 걸 축하하고 감사하는 마음으로 잠시 쉬어갈 수 있길 바라며 준비했다.

> Q. 다음 주어진 물음에 이어질 대답으로 가장 자연스러운
> 말을 쓰시오. (3초)
>
> *너답지 않게 왜 그래?*

어디서 많이 들어본 말일 수도 있다. 드라마나 영화에서 누군가 평소에 잘하지 않던 행동을 하거나 주변 사람들의 기대에 어긋나는 모습을 보일 때, 그 사람을 제법 잘 안다고 할 수 있는 인물이 이렇게 말하곤 했다.

친구들과 함께 보다가 이런 장면이 나오면 주위가 금세 소란해졌다. 개구진 표정으로 너나 할 것 없이 따라 하기 바빴다. 다음 대사도 정해져 있었다. *나다운 게 뭔데?* 눈에 힘도 줘보고 턱을 치켜들기도 했다. 까르르 넘어가는 웃음이 끊이지 않았다. 지금에 와서 생각해 보면 저 말이 뭐 그리 우스웠는지 모르겠지만 그땐 그랬다.

그러나 다음에 이어질 말은 딱히 정해진 게 없었다. 드라마나 영화에서도 더는 가타부타 말하지 않았다. 더 이어 나가봤자 *아니, 내 말은⋯⋯. 아무리 그래도 이건 아니지* 정도였으려나. 아무리 세상만사를 다 아는 캐릭터여도 일목요연하게 *어, 너다운 게 뭐냐면⋯*하고 나서지

는 않았다.

이렇게 보면 너답다는 말은 함부로 왈가왈부하지 않는 게 도리인 것도 같다. 나답다는 건 나라는 사람을 정의하는 말일 테고, 어떤 식으로든 그런 정의를 내릴 수 있는 자격은 당사자인 나에게만 있을 테니까.

물론 가끔 역사 속 인물을 논할 땐 누구답다는 표현을 사용하기도 한다. '이러한 결정은 살아생전 그다운 일이 아니었다'라는 식으로. 그렇다고 해도 이 또한 당사자가 아닌 후세 사람들의 평가이니 정답인지 아닌지는 확신하기 어렵다는 건 같다.

산 사람과 죽은 사람의 차이가 무엇이길래 산 사람에게는 무례하고 죽은 사람에겐 어느 정도 허용이 되는 걸까. 빗대어보자면 이미 개봉한 영화와 아직 개봉하지 않은 영화의 차이일 것 같다.

이미 개봉한 영화는 이야기의 외형이 이미 드러난 상태다. 영화 속 사건, 대사, 인물의 행동 등 관객마다 다르게 해석할 여지는 있으나 그래도 영화 전반을 비교 분석할 수 있는 기본 테두리가 생기는 셈이다. 반면 미개봉 영화나 아직 제작 중인 영화는 그렇지 않다. 그 무엇도 제대로 드러난 게 없어서 전체 이야기는커녕 어떤 결말을 맞을지, 장르가 정확히 무엇일지 섣불리 예단할 수 없다.

아직 무언갈 보여주지도 않았는데 옆에서 몇 장면 훔쳐보았다고 함부로 이러니저러니 떠든다면 어떨까? 감독의 입장이라면 지나친 월권이라 느낄 것 같다. 아직 삶이 진행 중인 사람도 마찬가지이지 싶다. 끝내 완성될 그림이 어떤 모습일지 알지도 못하면서 얼마 보지 않고 그 사람을 평가한다면 존재에 대한 기만처럼 느낄지도 모른다.

두 번째 퀴즈다.

> Q. 주인공이 '이건 나다운 게 아니야.'라고 말하자 그 말을 들은 사람들은 아래와 같이 되물었다. 이때 주인공이 어떤 식으로 대답하면 좋을지 자신에 빗대어 서술하시오. (5분)
>
> *그럼 너다운 건 뭔데?*

눈에 힘을 준 *나다운 게 뭔데!* 뒤에 꼭 저렇게 덧붙이던 친구가 있었다. 그럼 혼란스러운 표정을 지으며 느낌표를 물음표로 바꾸어 달고는 *나다운 게 뭔데…?* 하며 대꾸해주곤 했다. 그럼 말장난은 더 이어지지 않고 은근슬쩍 장르가 바뀌며 넘어갔다.

과연 어떤 게 나다운 거라 할 수 있을까? 바꾸면 그만인 이름? 해마다 먹는 나이? 전국에 같은 나이만 수십만일 텐데. 이런 걸로는 부족했다. 학력이나 직업, 사는 곳, 키, 체중, 성별 같은 건 어떨까? 이런 특징들도 같은 사람끼리 묶으면 우리나라에서만 적게는 수백, 많게는 수십만이 넘을 거였다.

다른 사람과 나를 구분할 수 있는 무언가가 있어야 할 것 같았다. 철수도 영희도 나를 대신할 수 없는 이유가 나답다는 기준이 되어줄 테니까. 내가 나 아닌 다른 존재일 수 없듯이 오롯한 나는 오로지 나만 될 수 있는 이유. 그런 이유를 찾고 싶었다.

누군갈 찾아야 한다면 무엇부터 하면 좋을까? 나는 우선 그 사람의 흔적을 살펴볼 것 같다. 그 사람이 걸어온 길과 그 모양을 보면 그 사람이 가고자 하는 길을 유추할 수 있을지도 모른다. 어떤 장소에서 오래 머물고 어디서 발걸음을 돌렸으며 어느 길을 빠르게 지나쳐 왔는지 등을 알아보는 거다. 그럼 그 사람이 짐은 있는지, 기분은 어떤지, 화장실이 가고 싶지는 않은지와 같은 것들이 읽히지 않을까? 어쩌면 흔적은 자신을 남긴 사람을 가리키는지도 모른다.

나를 찾기 위해 우선 좋아하는 걸 추려보기로 했다. 영화나 가사, 연예인, 날씨, 장소, 분위기, 냄새, 색깔, 질감, 문장, 맛, 온도, 글씨체, 요일. 주제가 무엇이든 좋았다. 서너 가지가 떠오를 때도 있었고 *어라, 내가 뭘 좋아했지…?* 하고 아무것도 떠오르지 않는 것도 있었다. 그럴 땐 스스로가 살짝 낯설기도 했지만 그렇다고 굳이 억지로 만들어내려고 하지는 않았다. 아직 좋아하는 게 없다는 건 무엇이든 좋아해 볼 수 있는 걸 의미할 테니까.

일단 좋아하는 걸 찾게 되면 가능한 한 상세하게 파고들었다. 예를 들어 누군가 좋아하는 음악을 찾아냈다고 해보자. 그럼 스스로 이런 질문을 할 수 있다.

그 음악의 어떤 점이 좋지?

그 음악은 나를 어떻게 만들지?

그 음악과 함께 떠오르는 게 있나?

그 음악을 들으면 어쩌고 싶어지지?

그 음악을 들었을 때 함께 있던 사람은 누구였고 어떤 일이 있었으

며 그때 기분은 어땠지?

굳이 이렇게까지 해야 하나? 싶을 수도 있지만 정말 이럴수록 좋다. 예를 들어, 내 경우 어려서부터 영화관을 굉장히 좋아했다. 좀 더 정확히 말하면 영화보단 영화관의 분위기가 좋았다. 특유의 낮은 조도가 마음에 들었고 사람들이 저마다 살짝 들떠있다는 것도 나를 즐겁게 했다. 고요하지 않지만 요란스럽지도 않았고, 차분했지만 동시에 분주했다. 그곳에선 시간에 쫓기는 듯 걸음을 서둘러도 괜찮았고 무료한 표정으로 비어있는 의자에 멍하니 앉아있어도 괜찮았다.

각기 다른 이유로 그곳에 온 사람들이었지만 영화를 기다린다는 점은 같았다. 나이도, 성격도, 생각도, 취향도 다 다른 사람들이 하나의 상영관에 들어가 앉으면 마법 같은 일이 일어났다. 생전 처음 보는 사람들이 비슷한 장면에서 울고 웃고 놀라며 화를 냈다. 영화가 끝나면 각자의 길을 갈 사람들이 서로의 감정에 동조할 수 있는 이상한 장소였다. 영화를 보다가 못마땅해서 *어휴* 하고 한숨을 쉴 때 옆 사람이 같이 탄식하면 이상하게 마음이 편했다. 내가 웃음을 참지 못하는 장면에서 앞뒤 사람들이 함께 웃을 때 그 장면은 둘도 없는 명장면으로 등극했다. 좋아하는 사람과 함께 영화를 보았다고 하면 그와 같은 부분에서 울고 웃었다는 점이 나를 그리고 그를 좀 더 괜찮은 사람으로 만들어주기도 했다.

내게 영화관은 이렇게 다르면서 동시에 같을 수 있는 이상한 공간이었다. 그리고 그래서 좋았다. 세상에 영화관을 좋아하는 사람이 몇이나 될까? 모르긴 해도 한눈에 헤아릴 수 없을 만큼인 건 분명하다. 그

많은 사람이 가진 기억은 또 얼마나 다를까? 설령 몇몇이 비슷한 기억을 가졌다고 해도 그들 각자가 해석해서 받아들이고 소화해낸 것은 분명 서로의 것과는 다른 빛깔을 띨 것이다.

 자세히 파고들수록 좋은 이유에는 이런 점도 있다. 내가 몰랐던 걸 알게 되고, 내가 안다고 생각했던 걸 다시 보게 된다.
 예를 들면 내겐 싫어했던 날씨를 좋아하게 되는 경험이 있었다. 내 경우에는 때때로 비 오는 날이 좋았다. 정확히는 나는 실내에 있으면서 밖에서 시원하게 비가 내리는 날이어야 좋았다. 물론 가끔은 비를 쫄딱 맞고 싶어질 때도 있긴 했지만, 그렇다고 비를 맞고 싶어서 비 오는 날이 좋은 건 아니었다. 찔끔찔끔 오는 비도 아니고 폭풍이 몰아치듯 거세게 쏟아지는 비도 아니고 '시원하게'라는 표현이 딱 어울릴 만큼 내리는 비가 좋았다. 그 소리를 가만가만 듣고 있으면 굳이 애쓰지 않아도 머리를 비우고 아무 생각도 하지 않을 수 있었다. 또 비염을 달고 사는 체질상 공기가 건조하면 코와 머리가 아프고 숨 쉬는 게 힘들어 고생하곤 했는데, 비 오는 날의 습한 공기는 오히려 숨 쉬는 데에 도움이 되기도 했다.
 그리 북적거리지 않는 카페 창가에서, 그리 높지 않은 소파에 가만히 앉아 사람들이 만들어내는 풍경을 보고만 있기도 했다. 비가 오면 다른 때와는 다르게 아무것도 하지 않고 가만히 적막을 즐겨도 마음이 편해졌다. 바쁨을 미덕이라 배워온 나로서는 하는 일도 없이 가만히 앉아만 있으면 실제로 그런 적은 단 한 번도 없으면서 왠지 혼이 날 것만 같았는데 이상하게도 비가 오면 그 모든 게 다 허가를 받은 것처럼 마음이 편해졌다.

반전은 내가 스무 살 때까지만 해도 싫어하는 날씨에 비를 적었다는 거다. 정말 끔찍이도 싫어했다. 10살쯤이었나? 하굣길에 비가 쏟아졌는데 우산이 없었다. 챙겨야 했던 건 난데 어린 마음에 챙겨주지 않은 엄마가 미웠다. 나처럼 내리는 비를 하염없이 바라보며 교문을 나서지 못하던 아이들이 있었다. 그중 몇몇은 아빠가 차를 타고 데리러 왔다. 그 모습을 보고 있자니 괜히 멀리서 일하느라 데리러 올 수 없는 아빠가 원망스러웠다.

그러다 친구 어머니가 친구를 데리러 왔다. 본인이 쓸 우산 하나와 어린이용 우산 하나를 들고 계셨다. 별다른 수도 없이 기다릴 내가 안쓰러웠는지 친구 몫으로 들고 왔을 어린이용 우산을 내게 빌려주셨다. 그러곤 본인이 쓰고 오신 어른 우산 하나를 자신의 딸과 둘이 쓰셨다. 나는 친구의 우산을 얻어 쓰고, 친구와 친구의 어머니는 좁은 우산 아래서 서로를 꼭 붙들고 빗속을 걸었다. 미안했고 고마우면서 부러웠다. 나도 엄마 아빠가 다 있는데 우산 하나 때문에 아무것도 가진 게 없는 거 같았다.

그 뒤론 우산과 상관없이 비만 오면 기분이 좋지 않았다. 혹여라도 우산이 없는 상황이면 온종일 세상과 싸울 기세를 내뿜었다. 그렇게 비 오는 날 야속했던 기억 때문에 비를 싫어하며 그 매력을 전혀 느끼지 못하고 지냈다.

그러다 어떤 사람을 만나 오래도록 선망하게 된 일이 있었다. 스무

살에 만난 그는 글을 읽는 사람이었다. 고등학교 3학년 내내 Yes or No
아니면 숫자로 딱 떨어지는 답을 찾는 이과 머리에 둘러싸여 있던 내
겐 그의 말 마디마디가 다 생경했다. 글을 쓰는 걸 보지는 못했으나 내
게 하는 말, 전해주던 쪽지, 남긴 문자 메시지 하나하나가 다 그의 글
이었다. 그런 그가 비를 좋아한다고 했다. 그러자 아무 데서 아무에게
나 뿌려대는 스팸메일 같던 비가 신뢰할만한 곳에서 온 유용한 소식지
처럼 느껴졌다.

　비가 싫었던 이유를 알게 되자 할 일이 보였다. 갑작스런 비 소식에
세상이 밉던 열 살짜리가 깨어나지 않도록 비 올 때를 대비해서 내가
머물 장소마다 우산을 미리 하나씩 가져다 두었다.

　어쩌면 나는 예기치 않은 상황이 어려운지도 모른다. 미리 준비가
되어 있지 않은 상황이 닥치면 꼭 그 상황만큼이나 나 자신이 엉망인
것처럼 느껴지기도 했다. 늘 반듯할 수는 없다는 걸 배워나가고 있지
만 미봉책으로 웬만한 건 다 적어놓고 미리 두 개씩 구비 해두는 방법
을 쓰고 있다.

　이렇게 흔하디흔한 장소와 날씨에서 나를 설명해 줄 수 있는 알이
깨어나니 그동안 마음을 스쳐 갔던 작고 큰 모든 것이 다르게 보이기
시작했다. 잠시라도 마음을 두었던 것들을 살피다 보면 어떨 땐 모든
것이 좋아하는 이유였고, 어떨 땐 그 어떤 걸 갖다 붙여도 좋아하는 이
유를 설명해내기에 부족했다. 그래도 괜찮았다. 파고들어 건져낸 것
들이 작고 보잘것없을 때도 그 작은 하나하나가 모여 나를 이룰 거라
생각하면 그 모든 것이 귀하게 느껴졌다.

좋아하는 것과 싫어하는 걸 나누다 보면 내가 원하는 느낌이나 기분을 알 수도 있었다. 내 경우 무던해지고 무감각해지는 시기가 종종 있었다. 코가 너무 많은 냄새를 맡으면 잠시 마비되는 것처럼, 여러 가지 일을 겪고도 방치해서 좋아도 좋은 줄 모르고 싫어도 싫은 줄 모르게 되는 것 같았다. 그리고 이런 게 싫어서 퇴근 후나 자기 전 수시로 하루 동안 담아온 것들을 일부러 비워 내기 시작했다. 어렵게 말하면 명상이었고 쉽게 말하면 멍때리기였다.

멍때리는 걸로는 해결되지 않을 만큼 마음이 어수선할 때. 이렇다 할 이유도 없이 이것도 싫고 저것도 싫다는 식으로 마음이 소란스러운 때에는 나가서 숨이 차도록 달렸다. 더운 여름날 뜨거운 음식을 먹듯 마음보다 몸을 더 소란하게 만드는 일이었다. 그럼 신기하게도 번잡스럽던 마음이 차분히 가라앉았다. 우스운 생각이지만 당장 온몸의 세포들이 숨 한 번 더 쉬라고 아우성을 치며 죽겠다 야단이니 감히 명함도 못 내밀고 얌전해졌나 싶기도 했다. 그런 뒤에 마음을 다시 돌아보면 자잘한 잡음은 모두 거둔 채 정말 필요한 얘기만 남아 있었다.

좋아하는 것을 찾는 데서 시작해 파고들어 온 이 모든 과정은 결국 나를 이루는 서사를 발견해내는 일이었다. 나의 발자취를 따라 걷는 일이었고 그 길에 숨어 있는 원석을 찾아 잘 다듬어내는 일이었다. 또 내가 좋아하는 것들에 나를 설명할 수 있는 자격을 부여하는 일이면서 동시에 나라는 사람으로 살아가는 지혜를 얻을 수 있는 일이기도 했다.

지름길을 닮은 함정

한때 이런 화두를 본 적이 있다.

**"몸을 혹사해서까지 보기 좋은 몸매를 만드는 것이
진정 '자기만족'인가?"**

뒤통수가 얻어맞은 거처럼 얼얼했다. 이런 생각을 한다는 게 놀라웠다. 몸매 관리와 자기만족 사이에 감히 물음표를 붙일 줄 모르던 때였다. 그래서 이런 물음이 굉장히 당황스럽고 불쾌하기까지 했다. 자기가 만족하면 자기만족이지 그게 별거인가? 그렇지만 무시하고 덮어버리기엔 찜찜함이 컸다.

근육을 생각해서 닭가슴살을 먹고 탄수화물과 지방을 제한하느라 맛있는 음식은 생각지도 않는 사람들. 아무 데나 갈 수 없는 탓에 다른 사람들과의 일반적인 식사는 꿈도 꾸지 않는 사람들. 자신과의 싸움에서 하루하루 외로운 승리를 쟁취해가는 사람들. 그렇게 혹독하게 다이어트를 하는 사람들을 보고 대부분은 혀를 내둘렀다. 누구는 독하다고 하고 누구는 멋있다고 했지만 그 모든 평가의 중심에는 쉬이 따라 할 수 없는 그들의 극기가 있는 건 같았다.

처음 물음표를 달던 사람들은 저들 중 바보가 섞여 있다고 했다. 그들은 이렇게 물었다. 만일 자신을 지켜보는 눈이 하나도 없는 무인도에 떨어져도 닭가슴살을 찾겠냐고. 자신을 볼 수 있는 거라곤 오직 자기뿐일 때. 그때에도 외양을 가꾸는 일에 전념하겠냐고. 물음표를 가진 사람들은 점점 하나에서 둘이 되고 둘에서 셋이 되는가 싶더니 다시 줄어들기도 했다. 시간이 갈수록 물음표는 느낌표로 바뀌었고 놀란 눈은 오랜 믿음을 향해 다른 눈초리를 하고 있었다. **자기만족**의 **자기**가 자신만을 가리키는 게 맞을까? 하는 의심의 눈초리였다. 물론 정답은 본인만 알 수 있을 터였다.

" Man's desire is the desire of the other. "

인간은 타인의 욕망을 욕망한다. 프랑스의 철학자이자 정신분석학자인 자크 라캉(Jacques Lacan)의 말이다.

욕망이란 뭘까? 사전에선 욕망을 이렇게 정의한다. "부족을 느껴 무엇을 가지거나 누리고자 탐함. 또는 그런 마음." 한자로는 하고자 할 **욕(欲)**이나 욕심 **욕(慾)**을 바랄 **망(望)**과 함께 써서 표현한다. 다시 말하면 무언갈 하고자 하는 마음을 품는 게 욕망이라고 할 수 있겠다.

부모의 기대에 들거나 선생님이나 상사에게 예쁨을 받고 싶은 마음, 친구들이나 동료 사이에서 괜찮은 놈으로 인정받고 싶은 마음. 이것들 모두 욕망의 한 갈래일 것이다. 그러기 위해 좋은 성적을 받고 싶어질 수도 있고 악기를 능숙하게 다루거나 운동부에서 멋진 기록을 세우고 싶어질 수 있다. 그렇게 욕망에서 또 다른 욕망이 발현되기도 한다. 학교에서 요구하는 과제를 손쉽게 그러나 높은 수준으로 완성해내는 모습을 보이고 싶을 수도 있다. 회사에서 맡게 된 프로젝트를 성공시키고 싶은 마음도 있겠고 근사한 이성을 만나 친구들 앞에 나타나고 싶을 수도 있다. 새로 나온 최신형 휴대전화나 노트북을 누구보다 빠르게 구매하고 싶고 명품 시계나 가방을 갖고 싶을 수도 있다. 이런 마음도 모두 욕망이겠다. 어쩌면 '-싶다'라는 어미가 붙는 마음은 모두 욕망일지 모른다. 바람이나 의향이 담겨 있을 테니 말이다.

내 경우 욕망은 품는다고 가만히 품어지는 게 아니었다. 작든 크든 욕망이라고 하는 것을 한번 품고 나면 여러모로 피곤해졌다. 사람이든 상황이든 그냥 두고 보지 못하고 욕망이 가리키는 방향으로 자꾸만 움직이고 싶었다. 뭐라도 하지 않으면 못 배길 것 같았다. 가끔은 에너지와 노력이 꽤 필요할 게 보여서 아무것도 하지 않고 가만히 있으려고도 해봤지만 그래봤자 마음만 불편해질 뿐이었다.

운이 좋으면 본인만 닦달할 테지만 그렇지 않으면 주위 사람까지 피곤하게 만들 수 있는 게 욕망이었다. 욕망이 내는 빛을 등대 삼아 저리로 가야 한다고 외치는 사람도 더러 있었다. 당장 어떤 일을 시작하지 않으면 큰일이 날 것처럼 굴었고 자격증이나 취업, 결혼만이 답이라고 이야기하기도 했다. 남들이 그 빛을 보지 못하면 마치 자신은 대단한 혜안을 지녔고 다른 사람들은 눈이 멀기라도 한 듯 이끌어주려는 오만도 서슴지 않았다.

그 성격이 이러할진대, 온전히 나의 것인 줄 알고 품어왔던 욕망이 실은 타인에게서 이식받아 온 거라면 어떨까? 나의 시간과 에너지를 몽땅 잡아먹으면서 결국엔 타인만 기쁘게 할 뿐이었다면? 기분이 썩 유쾌하진 않을 것 같다. 차라리 모르고 싶을 수도 있고 스스로가 바보 같아서 화가 날 수도 있다.

타인의 욕망을 품는 게 무조건 다 나쁜 일인지 생각해봤다. 그렇지는 않을 것 같다. 누군가를 기쁘게 하려는 마음이 어찌 다 나쁠까. 자신만을 생각하는 걸 넘어서 타인의 감정을 헤아리고 살피는 일은 쉽지도, 간단하지도 않다. 오히려 숭고하다면 숭고한 마음일 것이다.

그렇다면 타인의 욕망을 품는 것 자체가 문제인 게 아닐지도 모른다. 그런데도 이 귀한 마음이 항상 좋은 결과로만 이어지지 않는 건 왜일까. 우리는 드라마나 영화에서 이런 갈등이 빚어지는 장면을 심심찮게 볼 수 있다.

'내가 왜 그렇게 열심히 했는데!'

부모를 기쁘게 하려고 공부를 열심히 하던 학생이 어느 날 전혀 행복하지 않은 표정으로 일등 *해줬으면 됐잖아* 라는 식의 대사를 한다든지. 당연한 루트처럼 의대에 진학해놓고 이제 자신이 원하는 길을 가겠다며 가족들 뒷목 잡게 하는 자퇴 선언을 한다든지. 헌신적으로 배우자의 성공을 도왔으나 그 어디에도 자신의 몫이 없는 걸 깨닫고 초라한 자신을 마주하는 장면. 자식들 뒷바라지하겠다고 젊은 시절 다 바쳐 가정을 꾸려낸 어른이 누가 *이런 거나 해 달래?* 와 같은 말을 듣는 장면 등이다.

식상할 수도 있는 소재들이지만 막상 이야기가 펼쳐지면 금세 사람들을 불러 모은다. 작품에 따라 배역에 따라 각자 다른 사정이 있기는 하지만 이들이 서 있는 지점은 같았다. 자신을 기쁘게 하는 욕망과 타인을 기쁘게 하는 욕망이 섞이지 못하고 서로 테두리를 맞댄 지점이었다.

품어온 알에 실금이 생긴 후에 부화로 이어질지 아니면 그냥 깨어져 사라져버릴지는 그 알이 어디에서 왔는지에 따라 다를 것이었다.

멕시코 어부 이야기라는 게 있다. 뉴욕의 한 사업가가 멕시코 바닷가에 놀러 갔다가 물고기를 얼마 잡지 않고 들어와 쉬는 어부들을 보곤 왜 쉬느냐고 물었다. 그러자 어부는 오늘 잡은 물고기면 가족들이 충분히 먹는다고 답했다. 사업가는 그럼 남는 시간에 뭐할 거냐고 물었고 어부는 요리도 하고 그물침대에서 낮잠도 자고 보트에 누워 하늘도 감상한다고 답했다. 그러자 다시 사업가는 어부에게 생선을 더 많이 잡아서 큰 배와 그물을 사고 그걸로 물고기를 더 많이 잡아서 공장을 차리면 한 20년쯤 뒤엔 자기처럼 백만장자가 될 수 있다고 조언했다. 또 그러면 경치 좋은 곳에서 놀면서 인생을 즐길 수 있다고 말이다. 그러자 어부가 이렇게 답했다. "그런 거라면 지금도 하고 있는걸요?"

직업 특성상 여러 아이를 마주하게 된다. 그들은 크게 두 부류로 나눌 수 있었는데 한쪽은 자신이 알고 모르는 걸 숨기지 않는 아이들이었다. 어떨 땐 오히려 제법 진지한 눈빛을 하고서 자기가 아는지 모르는지를 선생님이 알아주길 바라는 듯했다. 다른 한쪽은 수업이 끝날 때까지 자신의 이름이 불리지 않길 바라는 아이들이었다. 그 아이들은 눈에 총기를 감추는 시간과 선생님이 자신을 서둘러 지나가길 기다리는 듯했다.

사실 어느 쪽이든 공부가 좋아 노는 게 좋아? 하고 물으면 당연히 노는 게 좋다고 대답했을 것이다. 그런데도 이 차이는 꼭 냉탕과 온탕처럼 극명했다. 아마 짐작건대 출근과 동시에 퇴근을 기다리며 시간을 죽이는 어른들과 비슷하지 않을까 싶다. 멕시코 어부에게 강제로 물고기를 더 많이 잡고 더 큰 배를 사서 많은 돈을 모으라고 했더라도 이와 같았을 것이다.

눈을 반짝이며 앉아있는 아이들에겐 한 가지 다른 점이 더 있었다. 이들은 대체로 그날그날의 과제를 크게 어려워하지 않았다. 다 맞추지 못하더라도 해볼 만하다고 여기고 또 해낼 수 있으니 그저 할 뿐이었다. 그런 태도가 하루하루 성취하는 습관으로 이어지고 그것이 다시 자신에 대한 믿음으로 이어지지 않았을까. 달걀이 먼저인지 닭이 먼저인지는 모르겠지만 그런 믿음이 다시금 욕망을 깨웠을 것이다. 어렵고 까다로운 과제를 만나더라도 자신 또한 결코 만만한 아이가 아니라는 걸 증명하고 싶은 그런 욕망 말이다.

자신의 욕망과 타인의 욕망을 칼로 베듯 구분하는 일은 쉽지 않을 것이다. 그럴 땐 그 일을 하는 자신의 모습이 어떤지 살펴보면 어떨까 한다. 뿌리가 자신에게 있는 욕망이라면 특별한 힘을 발휘해 그 욕망을 따르는 사람의 눈을 빛내고 얼굴에 생기가 돌게 할 테니까.

세상에 태어나 품게 되는 모든 욕망이 온전히 자신만의 것이길 바랄 순 없겠지만, 누굴 위하는 욕망인지 분명히 하고 나서는 언젠가 자신이 욕망으로 변하기를 기대해볼 수 있지 않을까. 타인의 욕망으로 시작했더라도 자신의 욕망 또한 같아서 크게 방황하지 않을 수 있다면 다행일 것 같다. 아무쪼록 드라마가 아닌 현실을 살아가는 우리의 욕망은 무사했으면 좋겠다.

드라마에선 남들 다 하는 결혼이니 적당한 나이에 이성을 찾아서 결혼하곤 하지만 훗날 내가 결혼을 결심할 땐 다를 수 있었으면 좋겠다. 결혼이라는 제도가 지금처럼 팽배하지 않아서 주위에 결혼한 사람도 없고 결혼을 종용하는 사람도 없을 때. 그런 때에도 대담히 결혼을 결심할 정도로. 딱 그만큼 사랑하는 사람과 여생을 함께하겠다는 마음이 가득했으면 좋겠다.

가족을 행복하게 해주려 많은 돈이 필요할 순 있겠지만 아무리 많은 돈도 가족이 떠난 후엔 쓸모를 잃을 테니, 멕시코 어부처럼 치우치지 않는 균형을 찾아 딱 좋은 순간에 딱 적당한 행복을 누릴 수 있으면 좋겠다.

근사한 시와 마음을 울리는 글을 사랑하는 마음을 훗날 책꽂이에만 꽂아둔 채 가만히 바라보는 일이 없길. 자유로이 세계를 돌아다녀 보고픈 마음을 잊고 방이나 사무실 같은 좁은 한 장소에만 갇혀 지내지 않을 수 있길 바라본다.

그렇게 세상 그 무엇도 내가 나인 것을, 우리가 우리인 것을 감히 막아서지 못했으면 좋겠다.

내가 아닌 그림자

한때 혈액형 별로 성격 유형을 나누는 테스트가 대한민국을 휩쓴 적이 있었다. 당시엔 어딜 가도 혈액형 이야기를 들을 수 있었다. 친한 친구들 사이에서 서로의 혈액형을 꿰고 있는 일도 많았고, 첫 만남에 서로의 혈액형을 물으며 서먹서먹한 분위기를 푸는 모습도 종종 볼 수 있었다. 그 인기가 얼마나 대단했는지 2005년에는 「B형 남자친구」라는 제목의 영화도 등장할 정도였다. 거의 모든 인간관계에 혈액형이 있었다. 친한 이유도 혈액형이 잘 맞는 탓이었고 싸우기라도 하면 혈액형이 상극인 탓이었다.

그러다 시간이 흐르면서 점차 혈액형을 묻는 일이 사라지더니 2020년대에 들어서부터는 MBTI라는 성격 유형 검사가 그 자리를 차지했다. 이젠 점점 많은 사람이 자신의 MBTI 유형을 외우고 다니고, 초면에 자기소개로 활용하는 모습도 심심치 않게 볼 수 있다.

이런 현상을 재밌어하며 같이 즐기는 한편 그 정도가 조금만 깊어지면 금세 반감을 드러내는 사람들도 있다. 바로 내가 그렇다.

사실 초등학교에 다니던 시절엔 혈액형이 그렇게 재미있을 수 없었다. 무슨 말을 해도 다 나 같았고 어떻게 이렇게 잘 아는지 신기했다. 살아봤자 13년도 꽉 채우지 못했을 나이에 아직 못 본 내 모습이 얼마나 많은지 가늠도 못 하고선 말이다.

그러다가 사춘기에 접어들면서 혈액형 테스트 때문에 굉장히 힘들어졌다. 내 혈액형이 아닌 다른 혈액형의 전형이라고 불리는 모습을 내게서 발견하면 혼란스러웠다. 지금 생각하면 웃긴 말이지만 사춘기가 자아를 형성하고 가치관이 성립되는 시기인 점을 고려하면 그리 이상한 일도 아니었다. 한동안 혈액형의 전형적인 모습과 다른 내 모습을 발견하면 무언가 잘못된 것 같았고 그래서 원래 내 성격이라고 들어왔던 모습으로 다시 돌아가려는 어리석은 노력을 하기도 했다.

그런 시기를 지나 어른이 된 지금은 가볍게 지나가는 농담으로 성격 유형을 언급하는 정도는 함께 즐길 수 있게 되었다. 그러나 여전히 모든 태도를 그 사람의 유형과 연결 지으려는 시도를 보면 마음 깊은 곳에서부터 반감이 올라오는 건 어쩔 수 없다.

개중에는 나처럼 검사 유형을 기준으로 자신을 해석하려는 시도를 불쾌해하는 사람들이 있다. 그런 이들은 애초에 모른다며 아무런 유형도 알려주지 않기도 한다. 하나의 틀에 얽매이고 싶지 않은 거겠다.

누군가가 낯설어서 어색하고 쭈뼛거릴 땐 A형이었다가 좋아하는 친구들을 만나 신나게 떠들고 이 사람 저 사람과 잘 어울릴 땐 O형이 되는 게 아니듯이. 활발한 모습을 보인다고 다 E(외향적)인 게 아니고, 말수가 적고 생각에 잠긴다고 다 I(내향적)인 것도 아닐 것이다.

" I am not what I think I am, and I am not what you think I am. I am what I think you think I am."

"나는 '내가 생각하는 나'도 아니고, '네가 생각하는 나'도 아니다. 나는 '내가 생각하기에 '네가 생각하는 나''이다."

미국의 사회학자이자 대학교수인 찰스 호튼 쿨리(Charles Horton Cooley)의 말이다. 조금은 말장난 같기도 한 이 말을 풀어서 설명해보면 이렇다.

여기에 빨간색으로 채워진 동그라미가 있다고 하자. 동그라미는 스스로 *사과인가?* 생각한다. 그리고 이 동그라미를 보고 누군가가 멈춰 서서는 *토마토가 놓여있다*고 생각한다. 그러나 이때까지 동그라미는 사과도 토마토도 아니다. 동그라미는 사람들이 자신을 보고 멈춰 서는 모습에서 *나는 신호등의 빨간 불이구나!* 하고 생각한다. 그러면 이때부터 이 동그라미는 신호등의 빨간 불이 된다.

그의 말대로면 자신과 타인이 실제로 어떻게 생각하는지는 크게 중요치 않은 것도 같다. 누군가가 너는 다혈질이야라고 한 뒤로 어쩐지 자신에게 욱하는 모습이 자주 보이고 그렇게 나는 다혈질이구나 믿고 살아가는 모습인 걸까? 어쩌면 부장님이 자신의 농담에 박장대소를 하는 팀원들을 보고 자신이 꽤 유머러스한 사람이라고 믿게 되는 모습일 수도 있겠다.

내 경우 조금 어린 나이였을 때 한참 명품이라고 불리는 어떤 브랜드의 가방이 예뻐 보이던 시기가 있었다. 그 가방 자체가 예쁘기도 했지만 그걸 들고 걸어가는 사람을 본 일이 있어서일 수도 있다. 꼿꼿한 자세는 더없이 당당해 보였고 살짝 여유 있는 걸음걸이는 그의 품격을 대변해주는 것도 같았다. 그리고 그런 사람이 들기에는 꼭 그런 가방이어야 할 것 같았다.

얼마 후 같은 브랜드의 가방을 들게 되었고 한동안 꽤 만족하며 지낼 수 있었다. 만나는 사람마다 가방이 예쁘다고 감탄했고 잘 어울리며 칭찬하거나 자신과 취향이 비슷하다고 이야기꽃을 피우기도 했다.

시간이 좀 지나자 이상한 기분이 들었다. 가방을 들면 매력 지수를 높여주는 아이템을 착용한 것 같았고 가방이 없으면 다시 매력 지수가 낮아지는 것 같았다. 가방으로 인해 내가 달라지는 느낌이었다. 그럼 가방을 든 나와 들지 않은 나는 다른 사람인가? 가방 때문에 매력이 더해지는 거라면 그 매력은 애초에 내 게 아니었다. 이런 생각이 들자 가방의 매력이 어딘지 조금 덜해지는 것 같았다. 여전히 예쁜 가방이었으나 전처럼 나를 기분 좋게 만들지는 못했다.

어쩌면 처음 그 가방을 든 사람에게서 받았던 느낌을 내가 그 가방을 듦으로써 나를 보는 사람들에게도 주고 싶었는지도 모르겠다. 내가 그렇게 감탄했었으니 다른 사람들도 이런 내게 감탄하겠지 싶었던 것 같다. 물론 그런 사람도 있었겠지만 모두가 그런 건 아니었다. 가방을 든다고 갑자기 인기가 많아지지도 않았고 원래 알고 지내던 사람들이 달라지지도 않았다. 사실 칭찬해주던 사람들은 내가 비닐봉지를 들고 나타난 것만 아니면 무슨 가방을 샀다고 하든지 잘 어울린다고 해줬을 것 같다. 오고 가며 마주치는 사람들의 시선이 가방에 머문 건 아닐까 싶던 순간에도 어쩌면 '저 가방 요새 자주 보이네'라고 생각했다거나 그도 아니면 아예 다른 생각을 하며 시선이 우연히 이쪽을 향했던 걸 수도 있다.

화장하고 나가면 평소의 본인 모습으로 지낼 수 있지만 화장하지 않고 나가면 왠지 모르게 위축되고 자신이 없어진다는 사람들이 있다. 물론 나도 이 경우에 속한다. 그리고 이 또한 비슷한 경우가 아닐까 하는 생각이 든다.

타인의 반응을 거울삼아 자기 모습을 형성한다는 식의 연구는 많이 들어보았다. 누군가를 칭찬하면 할수록 더 잘하게 된다는 피그말리온 효과(Pygmalion effect)가 대표적이다. 반대로 문제가 있다고 낙인찍히거나 무시를 받는 등 부정적인 평가를 받으면 실제로 더욱 나쁜 쪽으로 변한다는 스티그마 효과(Stigma effect)도 있다.

타인의 반응이 절대적이지 않다는 걸 머리로는 알지만 쉽게 무시할 수 없는 건 왜일까. 인간에게 타인이란 존재가 커다란 영향력을 가진 거울이기 때문인지도 모른다. 그러나 시간이 지나면서 자신의 모습이 변하고 취향이 달라지는 것처럼 시대가 달라지면 같은 것을 향한 사람들의 평가 또한 달라지기 마련이다.

2022년 '싱어게인2'라는 노래 경연 프로그램 출연한 김기태(39) 씨는 자신에게 쏟아지는 평가가 흑과 백에 가깝게 뒤바뀌는 경험을 했다. 그의 목소리는 처음 들으면 놀랄 정도로 낮고 거칠었다. 그런 그에게 노래할 목소리가 아니라고 하는 사람이 많았다. 심지어는 평가받는 자리만 가면 나쁜 평을 들어서 대회에 참가하는 게 두렵기까지 했다고 한다.

"주변에서 '너 그렇게 부르면 사람들이 싫어한다. 가볍고 맑게 불러야 된다'는 말을 너무 들어서 한동안 노력도 많이 했어요."

그랬던 그가 쟁쟁한 경쟁자들을 제치고 우승을 차지했다. 어찌 된 일일까? 방송에 나온 이후 그의 목소리는 노래하면 안 되는 독특한 목소리에서 사람들의 마음을 울리는 귀한 목소리가 되었다.

놀라운 건 그의 목소리는 그대로였다는 점이다. 오직 변한 건 시대와 청중뿐이었다. 그를 비추는 거울이 달라지니 듣기 싫은 목소리가 아닌 큰 울림을 주는 목소리라는 평가를 받게 된 것이다. 한동안 소몰이 창법이라는 게 유행하다가 어느 순간 사라진 것도 비슷한 맥락일 것이다.

때때로 그림자는 우리의 모습을 본뜨듯 그대로 보여주는 것 같다. 그래서 그림자만 보면 그 사람의 모습을 얼추 알 수도 있을 것 같기도 하다. 하지만 그렇다고 해서 그림자를 우리라고 할 수는 없다. 아무리 닮아도 그림자는 우리의 전체가 아닌 단면만 담아낼 뿐이다. 빛을 어디에서 비추느냐에 따라 달라지는 그림자로는 우리를 온전히 설명해 낼 수 없을 것이다.

설계된 미로

세상엔 공짜가 없다고 한다. 좋은 것일수록, 많은 사람이 원하는 것일수록 그렇다. 그런데 어째서인지 많은 사용자를 보유한 거대 SNS

들은 이용료를 청구하는 걸 못 봤다. 만약 SNS에 매달 이용료를 내야 했어도 오늘날처럼 많은 사람이 사용했을까? 경제 능력이 있는 20대 이상의 사람들은 몰라도 학생 신분인 10대 사용자는 확실히 적었을 것이다.

덕분인지 탓인지 몰라도 밤늦은 시간까지 손에서 휴대전화를 놓지 못하는 모습이 흔해졌다. 가족들과 마주 앉은 식탁에서도 각자 휴대전화를 들여다보는 집이 늘었고, 오랜만에 만난 친구들 앞에서도 수시로 휴대전화에 눈을 돌리곤 한다.

가끔은 SNS가 미로 같다는 생각이 든다. 신기하고 흥미로운 것이 많으니 백화점 같은 미로인 걸까. 나도 초기에는 목적을 가지고 이용하는 현명한 사용자였다. 필요한 정보나 보고 싶은 사진 또는 영상이 있어서 접속했고 의도한 바를 다 이루면 빠져나오기도 쉬웠다.

그런데 어느 순간 종종 길을 잃기 시작했다. 목적을 달성하고도 빠져나오기까지 시간이 한참 더 걸렸다. 찾으려던 거나 다 찾고 시간이 흐르는 걸 알고나 있었으면 양반이었다. 볼 일은 다 끝내지도 못하고 선 있는 줄도 몰랐던 영상을 연달아 넘겨 보다가 훌쩍 지나버린 시간에 놀란 적도 더러 있었다. 추천 영상에 뜨면 보려는 의도가 없었더라도 한번 눌러보아야 했고 피드에 올라오면 누가 게시했는지 알지도 못하면서 한번 읽어 보았다. 뚜렷한 목적 같은 건 이미 사라진 지 오래였다.

그래도 재미있었으니 내 욕망에서 나온 행동으로 봐야 하는 걸까? 굳이 다른 사람의 눈으로 보지 않고도 스스로 기억하는 모습이니 본래의 내 모습이란 말에 반박할 여지가 없는 것도 같았다.

분명 자선단체가 아닌 이상 서비스를 제공하고 아무런 대가도 바라지 않을 리는 없었다. 더군다나 페이스북이나 인스타그램, 유튜브로 대표되는 SNS들은 중소기업도 아니었다. 불편한 진실이지만 이들은 우리의 시간을 돈으로 바꾸고 있었다. 많은 사용자를 보유할수록 그리고 그 사용자들이 서비스에 많은 시간을 쏟을수록 SNS 기업들은 더 많은 광고 수입을 챙길 수 있었다. 그래서 한 번 들어오면 가능한 한 많은 시간을 할애하고, 게시물을 하나라도 더 보도록 시스템을 고안했다. 즉 SNS 자체가 실은 전문가 여럿이 모여 인간에 대한 과학적 데이터를 바탕으로 설계한 미로인 셈이었다.

우리의 시간이 부족해져 갈 때 이들이 점점 부유해지고 있었다니 어이없는 배신감도 살짝 들었다. 한편 누워서 휴대전화만 들여다보고 싶어지는 게 천성이 아닐 수도 있다는 점은 희망이면서 동시에 넘어야 할 산이 하나 더 생긴 것 같았다.

변화에 도움이 되는 방법이라 소개되는 것들을 시도 해봤다. 잠들기 전과 일어난 직후엔 휴대전화를 사용하지 않아야 하고 누워서 휴대전화를 보지 않기 위해 휴대전화를 멀리 두고 누워야 했다. 역시 간단해 보이지만 쉽지는 않았다. 미로에 들어간 건 저도 모르는 사이에 일어난 일이라 쉽거나 어려울 게 없었는데 빠져나오기는 상당히 까다로웠다. 여전히 타협 아닌 타협으로 10분만, 30분만 더를 외치기도 하지만 그래도 홀로 자책하는 날보다야 견딜 만했다.

어쩌면 누군가 게임만 하거나 아니면 게임 할 의욕조차 없다면 그것도 천성이 그러한 게 아닐 수 있다. 물건을 잘 잃어버리거나 약속 시간을 못 지키는 일, 충동적으로 소비하는 일 또한 마찬가지이다. 자기 뜻대로 되지 않는 나날이 이어진다면 그저 도움이 필요할 뿐, 홀로 자책할 필요가 없을지도 모른다.

나를 키워보기로 했습니다.

어라, 이미 다 크지 않았어요?

어른인 자신을 키우겠다니 이게 무슨 소리인가 싶겠다. 이건 어릴 적 하던 게임 프린세스 메이커와 심즈을 보고 떠올린 생각이었다. 한 동안 유행이던 시뮬레이션 게임들인데, 게임 속 캐릭터를 자기 분신이나 자신의 딸처럼 대하며 먹고 자고 생활하는 일상 모든 부분을 돌보는 방식으로 진행됐다. 캐릭터를 얼마나 잘 돌보느냐에 따라 새로운 친구를 사귀거나 기술 능력치를 쌓을 수도 있었고 이런 것들이 어떤 결말로 이어질지를 좌우했다. 잘 되면 왕자나 공주 같은 근사한 캐릭터와 결혼하거나 꿈의 직업을 얻는 식으로 끝났다. 반대로 스트레스 수치가 높은 걸 보고도 방치하면 집을 나가버리거나 불량한 성격으로 자라기도 했다.

커피숍을 운영하거나 농장을 가꿔서 작물을 재배하는 방식의 타이쿤 게임들도 성격이 비슷했다. 이것들 역시 1분이나 5분 또는 1시간마다 해결할 과제가 생기고 그것들을 얼마나 잘 챙기는지에 따라 커피숍과 농장이 번성할지 말지가 결정됐다.

이런 것들은 하나같이 손이 참 많이 가는 공통점이 있었다. 말이 게임이지 거의 부모가 자식을 보살피듯 하나부터 열까지 들여다보게 됐다. 자꾸만 게임이 이거 해달라 저거 해달라 불러대는 탓에 현실의 일상이 무너지기는 사람도 종종 있었다.

이 같은 지극한 정성을 게임에만 쏟기에는 너무 아깝다는 생각이 들었다.

시작은 일상을 돌보는 일이었다.

만약 미래의 딸이 잠도 안 자고 휴대전화만 들여다보거나 종일 밥도 안 먹고 주전부리로 대충 허기를 달래려 한다면 어떨까. 모르긴 해도 그 모습을 칭찬할 일은 단연코 없을 것이다. 오히려 그대로 가만히 두고 볼 수가 없을 것 같다. 그런데 이상하게 나 자신에겐 그렇게 해도 괜찮은 것처럼 굴고 있었다. 심지어 게임 속 캐릭터도 잘 재우고 잘 먹인 뒤 때깔 좋은 옷을 입혀놓고선 말이다.

그냥 딱 미래의 내 자식에게 해줄 만큼만 제때 재우고 제때 깨워서 제때 씻기고 제때 먹여보자고 생각했다. 별거 아닌 것 같았지만 막상 해보니 상당히 피곤한 일이었다. 부모님은 이걸 어떻게 십수 년을 챙겨주셨는지 놀라웠고 기본의 뜻은 쉽다는 말이 아닌 중요하다는 말이었다는 걸 새삼 깨닫기도 했다.

제때를 챙긴 다음엔 제대로까지 챙길 수 있을까 생각했다. 아무리 급해도 앉아서 먹고 간단하게 식사를 끝내더라도 깔끔한 접시에 보기 좋게 담아 먹는 일이었다. 아무리 집에서만 입는 편한 옷이더라도 남에게 못 입힐 만큼 허름한 옷은 피하고, 내게 둘도 없이 소중한 사람이 누워 잘 수 있을 만큼 정돈된 잠자리에서 자는 일이었다.

집에 놀러 온 손님에게 라면을 끓여준다고 치면 적어도 자리에 앉아서 먹도록 상을 차리고 김치라도 같이 내어주지 않을까? 아무리 친한 사람이라도 라면을 끓이고 난 뒤 냄비가 놓인 인덕션이나 가스레인지

앞에 그대로 서서 허겁지겁 먹으라고 하진 못할 것 같았다.

이런 생각이 들자 내가 나를 어떻게 대하는지 돌아보게 됐다. 그러자 적어도 내가 남을 대접하는 만큼은 나에게 해줘야 할 것 같았다. 그리고 가능하면 남이 나를 대해주길 바라는 정도로 나에게 해주고도 싶었다.

다음은 마음을 위해주는 일이었다.

하루 스물네 시간 중 오롯이 나만을 위한 시간을 마련하기로 했다. 그 시간엔 무엇을 하든 내 영혼이 즐거울 일이면 다 괜찮았다. 책을 읽거나 운동을 하기도 했고 좋아하는 순간들을 찾아 누리거나 마음만 먹었던 일에 도전하기도 했다. 대체로 긴급하진 않지만 중요한 일들이었다.

이 시간을 부르는 이름은 많았다. 미라클모닝이나 하이라이트 같은 말로 부르기도 했고 나와의 약속이나 영혼을 위한 시간쯤으로 불러두는 사람도 있었다. 이름이야 어떻게 붙이든 중요한 건 그 시간을 만들고 기꺼이 누리는 것이었다. 처음엔 좀처럼 무얼 해야 할지 감을 잡기 어려웠는데, 그때 읽었던 아래와 같은 구절이 많은 도움이 됐다.

" 당신이 그날 밝게 빛나는 부분이 무엇이길 바라는지 생각하며 하루를 시작했으면 좋겠다. 하루가 끝날 무렵 누군가가 '오늘의 하이라이트는 뭐였나요?'라고 물어오면 뭐라고 대답하고 싶은가? 하루를 돌아봤을 때 어떤 활동이나 성취나 순간을 음미하고 싶은

가? 그것이 바로 당신의 하이라이트다."

이 책을 집필하면서 6주 동안은 매일 2시간씩 글을 썼다. 주말엔 10시간을 넘게 씨름한 적도 있었다. 물론 일 끝나고 퇴근해서도 바로 눕지 못하고 머리를 굴려야 했으니 몸은 무척이나 피로했다. 그런데 놀라운 건 일만 하던 때보다 하루하루가 훨씬 만족스러웠다. 아이러니하고 이상한 일이었다. 늘 좋은 결과물을 낸 것도 아니었지만 그런 것과 상관없이 하루를 마무리할 때면 꽤 기뻤고 감사하기도 했다.

일반적이고도 평범한 보통의 사람인 나는 여전히 자신과의 약속을 지키는 일이 서툴 때가 있다. 아마 혼자 글을 쓰기로 했으면 얼마 못 갔을지도 모른다. 그래서 다른 분들과 함께 책을 쓰는 이번 경우처럼 타인과 함께 하는 게 큰 도움이 되기도 한다. 강압적인 검사나 닦달하는 이는 없었지만 매주 주어지는 분량과 서로의 글을 읽고 합평할 사람들을 만난 덕분에 매일 기꺼운 마음으로 시간을 만들어 쓸 수 있었다.

내가 몰라주면 누가 알아주나.

마음이란 게 그랬다. 속에 담아만 둘 땐 아무것도 아닌 그저 지나가는 바람인 양 희끄무레했고, 꺼내어 보여주지 않으면 밖에 있는 사람들은 그런 게 있는지 도통 알아채지 못했다. 그러다 보면 어떤 마음은 신기루처럼 흔적도 없이 자취를 감췄고, 어떤 건 염증처럼 아파 왔다. 시간이 흘러 곪을 대로 곪아서 비집고 나오려 할 땐 본래 몸집보다 훨씬 부풀려서 터져 나오기 일쑤였다. 그래서 스스로 알아주기로 했다. 나를 잘 키우고 잘 대하는 세 번째 방법이었다.

모든 사람이 그렇듯 자신 역시 함부로 해도 되는 사람이 아니다. 고로 친구의 고민을 밤새워 들어주듯이 내 속에 있는 기우도 들여다볼 필요가 있었다. 좋은 것도 싫은 것도 시시콜콜하고 자질구레한 마음도 전부 내 것이었다. 나 아니면 알아줄 사람이 없으니 자신의 마음을 살피는 일은 본인 된 도리이기도 했다.

나는 가만히 눈을 감고 생각하면 금세 졸음이 오는 탓에 종이나 컴퓨터에 쓰는 방법을 사용했다. 대체로 좋은 날이거나 평범한 날이었으면 종이에 천천히 적었고 쏟아낼 게 많은 날이면 컴퓨터 자판으로 몰아치듯 적어냈다. 간직할 것도 잊어버릴 것도 쓴 셈이다. 아이러니한 건 기쁜 마음은 적을수록 기억에 더 잘 남았는데 힘든 마음은 적을수록 엉킨 실타래가 풀리듯 한 올 한 올 흘려보낼 수 있었다.

굳이 별일이 있어야 쓸 수 있는 건 아니었다. 지극히 무난했던 오늘도 두 번 다시 반복되지 않을 하루였다. 나는 오늘 어떤 것에 끌렸고 어디에 마음을 두었는지 기록하는 것만으로도 근사한 일이었다. 누구는 마음 기록이라거나 감사 일기라고 부를 수도 있겠다. 이런 이름이 부담스럽다면 책 『좋아하는 걸 좋아하는 게 취미』를 쓴 김신지 작가처럼 1일1줄 이라고 부르며 좋은 순간 모음집을 만들어도 좋겠다.

마지막으로 나를 자주 안아주는 일이었다. 당장 두 팔을 엇갈려 우스운 모양새로 자신을 안고 있어도 나쁘지는 않지만 그런 방법은 아니었다. 말하자면 저기 한구석에서 울고 있는 아이가 있다고 상상한 뒤 그를 마주하는 일이었다. 그 아이는 받아쓰기를 다 틀렸을 수도 있고 달리기 시합에서 꼴찌를 했을 수도 있다. 친구에게 못된 말을 들었거나 선생님께 야단을 맞았을 수도 있다. 모르는 아이들이 놀렸을 수도 있고 용돈이나 준비물을 잃어버렸을 수도 있다. 만약 그런 아이를 본다면 어떨까. 누군가는 바보 같다고 너 왜 그러냐고 다그칠 수도 있겠고 아니면 다 괜찮다고 품에 꼬옥 안아줄 수도 있을 것이다. 만약 후자를 골랐다면 다시 축하한다. 나와 같은 걸 고른 당신은 여전히 내 동지이다.

가끔 내 안에서 후자가 아닌 전자와 같은 말이 들려올 때가 있었다. 그 목소리는 메아리처럼 끊이지 않고 자꾸만 나를 몰아세우고 다그쳤다. 그럴 때 나는 울고 있는 아이를 생각했다. 그 자리에 여린 마음에 생채기가 나서 눈물을 참을 수 없던 어린 시절의 나를 세워뒀다. 엉엉 울어 눈은 빨개지고 얼굴은 눈물범벅이 되어선 서러운 숨을 꺼이꺼이 삼키는 어린아이였다.

그때마다 나는 그 아이를 품에 꼬옥 안고 이렇게 말하고 싶었다. 괜찮다고. 무서워할 것도 걱정할 것도 없다고. 다른 건 정말 다 괜찮으니 너는 어떠냐고. 네 마음은 괜찮냐고. 다 커버린 어른으로서 내가 해줘야 하는 일이 그리고 해줄 수 있는 일이 꼭 이것뿐인 것 같았다. 어쩌면 다 커버린 어른에게도 필요한 건 가혹하고 매몰찬 채찍이 아니라 그저 다 괜찮다는 포옹이 아닐까 싶었다.

　어떻게 살아야 잘 사는 걸까? 아마 살아있는 사람 중에 뾰족한 답을 가진 이는 몇 안 되지 싶다. 다들 저마다의 삶을 견뎌내느라 제 코가 석 자일 것이다. 그리고 나 역시 사정이 다르지 않다.

　그래도 내가 헤맸고 여전히 길을 찾고 있다는 걸 말하고 싶었다. 언젠가의 나처럼 아득한 밤을 헤매고 있을 먼 친구에게, 어떻게 살아야 잘 사는 건지는 모르지만 이렇게 살아보니 조금 사는 거 같았다고. 너와 다르지 않은 내가 이곳에 서서 너의 안부를 궁금해하고 안녕을 바라고 있다고. 언젠가는 우리가 삶이라는 것에 더 가까워지길 바라고 있다고 전하고 싶었다.

　어쩌면 잠들지 못했던 숱한 밤들은 내가 나를 찾는 밤이었을지도 모르겠다. 내 속에서 길을 잃은 또 다른 내가 소리 한 번 내지 못하는 참담한 마음으로 고요하게 나를 찾았던 건지도. 아직 하루를 끝내지 말아 달라고. 자기를 찾아달라고. 적막 한가운데서 자신이 여기에 있다고 애타게 붙잡은 건지도 모른다. 그 누구도 될 수 없는 내가 바로 여기에 남겨져 있다고. 그 부름에 쉬이 잠들지 못하고 다 세지 못할 밤들을 공허하게 깨어있어야 했던 걸 수도 있겠다.

　부디 오늘 밤은 잠 못 드는 이가 적었으면 좋겠다.

　우리가 오래도록 평안한 밤을 누릴 수 있길.
　당신의 밤이 무사하길.

참고 문헌

- 유주현, (2022년03월03일), "술 취한 아저씨 목소리 같지 않나요?
재능없어 악착같이 갈고 닦았죠", 중앙선데이,
https://www.joongang.co.kr/article/25052707#home
- Jake Knapp & John Zertsky, (2019), 메이크 타임, 김영사
- 김신지, (2021), 기록하기로 했습니다., 휴머니스트

스물여섯의 인도를 기억해

황원준

황원준   IT업계에 종사하지만 따뜻한 아날로그 감성을 찾아 다닌다.

학창 시절을 빨리빨리 보내다가 인도여행을 느리게 다녀오며 나만의 템

포를 찾게 되었다.

후회 없이 살고 있지만, 문득 가지 않은 길에 대해서도 동경을 품어보곤

한다.

카페 문이 열리고 그녀가 들어왔다. 전구 색 조명으로 채워진 카페의 문으로 가을볕이 들어와서인지 눈이 좀 부셨다. 어색한 인사가 오갔다. 뜬금없이 연락이 와서 놀랐다는 그녀지만 표정은 어색한 기운이 없었다. 정말 뜬금없긴 했다. 10년 전의 여행 이후로 한국에서 보는 건 처음이었으니까. 차이라떼 두 잔. 인도의 추억을 꺼내기에 적당한 음료를 주문하는 동안 그녀를 흘끗 훔쳐봤다. 삐쭉 튀어나온 머리카락을 매만지고 있었다. 잘 보이기 위한 손짓이라기보다 어딘가 고민이 있는 느낌이었다. 자리에 다시 앉자 카페에 들어온 햇빛이 그녀의 네 번째 손가락으로부터 반사되어 눈이 부셨다. 그녀는 결혼 얘기에 나이가 몇 개인데 당연하지 않냐며 너스레를 떨었다. 중성적인 목소리는 여전했

다. 게다가 느긋하게 또박또박 말하는 식이라 그동안 눈을 좀 더 오래
마주치게 되었다.

"안나 머리 많이 짧아졌네? 그것도 잘 어울린다."

이름은 안나. 나보다 세 살 많지만 앳된 얼굴이라 연하인 듯한 착각
이 들었다. 그런 얼굴에서 나오는 굵은 목소리는 적응이 잘 안되었다.
아마 학창 시절에 꽤 동성 친구들에게도 인기가 많았을 거라 생각하니
웃음이 비실 새어 나왔다. 그녀는 두 팔을 테이블에 걸치더니, 정말 궁
금한 게 있다며 물었다. 호기심 어린 눈빛이었다.

"그땐 왜 같이 안 간 거야? 가끔 생각날 때마다 물어보고 싶었어."

인도여행 얘기였다. 그리고 우리의 이별에 대한 얘기이기도 했다.
안나푸르나는 어땠냐는 나의 물음에 안나의 눈이 왼쪽 천장을 향하더
니 이내 돌아왔다. '같이 왔으면 좋았을걸' 하고 생각했었다는 그녀의
말에 검지손가락에 걸쳐 놓았던 머그잔이 살짝 흔들렸다.

그때가 스물여섯. 참 겁도 하나 없이 배낭 훌쩍 메고 갔던 그곳, 인
도의 기억이었다.

"짜이. 짜이짜이."

머리에는 터번을 둘둘 두르고 등에는 몸집만 한 알루미늄 물통을 맨
사내가 기차에 올라온다. 차이 장수 차이왈라다. 안 그래도 심심하던

차에 잘 됐다. 손짓으로 차이왈라를 불러 세운 후 어눌한 발음으로 흥정을 시작한다. 차이는 홍차와 우유, 그리고 인도의 대표 향신료 마살라를 함께 넣고 끓인 음료다. 더운 날씨에 뜨거운 차라니 아이러니하지만, 살짝 매우면서도 달짝지근한 맛에 호로록하고 잘 넘어간다. 차이를 담아주는 잔은 마치 소주잔처럼 엄지손가락만 한 작은 일회용 컵인데 얼마나 재료를 아낀 건지 조금만 손가락에 힘이 들어가도 바스락 찌그러져 버리곤 한다. 인도에선 어딜 가나 사람들이 오손도손 서서 마시고 있는 광경을 쉽게 볼 수 있다.

차이를 홀짝거리며 차창을 내다본다. 창문에 잔뜩 낀 흙먼지 사이로 내 얼굴이 슬금슬금 비친다. 한국인이라고 하기에는 너무 까맣게 그은 피부. 사람들에겐 차라리 네팔이나 티베트 사람이라고 얘기하는 게 납득이 더 갈 것도 같다. 수염도 꽤 자랐다. 숱도 얼마 없는 수염 가닥들이 대충 손가락 한 마디 정도로 자라있다. 하필 인중에는 수염이 없어서 간신배 같은 느낌도 난다. 공항에서 면도날을 빼앗긴 이후로는 포기 상태다. 머리는 왼쪽 옆머리만 잔디밭처럼 밀려 있는 채다. 얼마 전 만났던 한국 배낭 여행객이 바리깡을 가지고 있었는데, 그날 밤 맥주 한 병의 취기에 머리를 한쪽만 밀어버리는 사고를 쳤다. 귀에는 언젠가 시장에서 산 조악한 목재 피어싱을 하고 있는데 얼마나 여행했다고 벌써 색이 바랬다. 아마 인도의 강렬한 햇빛 탓일 거다. 아니면 이것도 사기당한 건가. 까만 조약돌들을 이어 놓은 목걸이에는 온갖 힌디어 글자가 새겨져 있는데, 글자들 색이 바랜 걸 보면 범인은 태양이라고 치자.

나도 참 백패커 다 됐네. 한국에서의 모습과 전혀 다른 스타일의 화려하지만 수척한 모습을 보고 있자니, 여행 한 달 만에 사람이 이렇게 변할 수가 있나 놀랍긴 하다. 난 대체 무슨 깡으로 이 험한 인도를 혼자 온 것일까. 첫 해외여행인데 그것도 배낭여행으로. 이런저런 생각에 잠겨 있는데 발아래 부스럭 인기척에 정신이 든다. 그 인기척의 주인은 인도 남자인데 어이없게도 우린 같은 번호의 열차 티켓을 가지고 있다. 기차표 끊을 때 매표소 직원이 고개를 갸우뚱했었는데 그때 눈치를 챘어야 했다. 하지만 인도에서 이런 일은 비일비재해서 이젠 웃기지도 않는다. 그런데 이 자식 너무 잘 잔다. 이제 다리 좀 쭉 펴고 자고 싶은데, 나와 마찬가지로 무릎을 꼭 끌어안고 정신을 잃은 걸 보면 좀 더 내버려 둘까 하고 마음이 약해진다. 바라나시行 기차. 40시간의 여정 동안 한 열차 속에 갇혀 있어야 하는데, 반의반도 안 지난 벌써 기운이 없다. 전자기기 중 유일하게 데려온 MP3 플레이어 녀석도 아까부터 깜빡댄다. 안돼 너마저. 음악이 멈추자 시간도 멈춘다.

영겁의 시간을 지나 드디어 종착지 바라나시 기차역이다. 인도산 쪼리를 쓱쓱 끌며 걸어 나간다. 처음엔 발가락 사이가 시뻘게져선 쪼리 끈과 엄지발가락이 닿지 않으려 이상스럽게 걸어 다니곤 했지만, 이젠 굳은살이 생긴 덕에 아무렇지도 않다. 조그만 역사를 지나 정문으로 나가려던 찰나 어떤 인도인이 말을 걸어온다. 거지라고 부르고 싶지만 쉽게 거지라고 할 수도 없는 게 인도에는 낡아빠진 천과 터번을 몸에 칭칭 두르고 꼬불꼬불 허연 수염을 가진, 하지만 눈빛만큼은 깊고 강렬한 수행자들이 도처에 많기 때문이다. 영어인지 힌디어인지

뒤섞여 제대로 못 알아들었지만 대충 이런 뜻인 것 같았다.

'네게 자비를 베풀 기회를 줄게'

거지 맞다. 이상하게 인도 거지들은 당당하다. 인도인들은 사후세계는 신이 결정하는데 그 판단의 기준은 그 인간의 삶에 있다고 믿는다. 이를 '업'이라고 부르는데 이 거지는 그 업을 쌓을 기회를 주겠다고 저리도 당당한 것이다. 다음 생에 좀 더 잘 태어나자고 몇 푼 쥐여줬다가는 사달이 난다. 거지들에게 둘러싸였던 끔찍한 기억 덕분에 어떻게 해야 할지 잘 안다. 고개를 획 돌려버린다.

저 멀리 자전거 인부 릭샤왈라가 반갑게 손을 흔들고 있다. 오랜 친구를 만난 마냥 반가운 표정을 짓는 모습에 홀린 듯이 올라탄다. 그의 비쩍 마른 두 다리가 애처롭게 허공을 휘젓는 동안 인파와 소들과 차, 자전거가 한데 뒤섞인 혼란스러운 도로 풍경을 느긋하게 바라본다.

분명히 이쪽이라고 한 거 같은데.

벌써 수십 분째 골목길을 헤맨다. 왼손과 오른손에 닿을 듯한 퍼렇고 벌겋고 허연 콘크리트 벽들로 둘러싸여 있는 데다가 죄다 모퉁이 길이어서 어디로 가는지도 모르겠다. 엉성하게 이어 붙여 울퉁불퉁 거친 바닥 타일들은 계속 발에 걸리적거리고, 그 위에는 개똥인지 소똥인지 모를 무더기들이 있어 피해 다니기 바쁘다. 분명히 이 갈림길을 아까 지나왔는데 눈앞에 벌써 세 번째 등장이다. "쳇." 이놈의 동네는 뭐 하나 잘 된 게 없어. 물론 인도인들한테 아까 물어봤지만 헛수고다. 무슨 질문만 하면 '노 프라블럼'이라며 연신 고개를 시계추처럼 회전하곤 하는데, 이게 대체 긍정인 건지 부정인 건지 도무지 판단이 안 되어 다시 물어봐도 돌아오는 대답은 한결같다. 이 말을 처음 들었을 땐화가 났던 것도 같은데 이제는 그러려니 한다.

빠앙, 윗길에서 오토바이가 달려온다. 어른 두 명이면 꽉 차는 이 골목 언덕길에 아까는 웬 삐쩍 마른 하얀 소가 꼬리로 춤을 추며 엉기적엉기적 지나가더니, 이제는 오토바이라니 여긴 대체 답도 없다. 아까스-윽 미끄러지듯 밟아 버린 소똥 냄새가 아직도 스멀스멀 올라오는 것 같다. 이런 젠장.

새로운 여행지에 도착했을 때 백패커로서 가장 먼저 해야 할 일은 게스트 하우스를 찾는 일이다. 7살 아이만 한 큰 배낭을 메고 다니기 때문에 일단 짐을 내려놓고 잘 곳을 마련하면 그제야 안도감과 함께 구경할 여유가 생기기 때문이다. 그런데 내 배낭은 사실 뭐가 없다. 무슨 1박 2일 관광 가는 것처럼 속옷 한두 벌만 챙겨와서 모든 걸 이곳에서 해결해야 했다. 이런저런 여행용품을 샀으니 결국 숙박비에서 돈을 아껴야 한다. 이 동네에서 가장 저렴한 게스트 하우스를 찾아야만 한다.

일단 바라나시에서 여기가 제일 저렴한 것 같다. 간판은 매달려 있을 곳을 찾지 못해 대문 옆에 세워져 있고 대문에 대충 휘갈겨 쓴 페인트 자국밖에 없었던 게, 마치 '깔끔 떠는 여행객 출입 금지' 라고 쓰여 있는 것만 같다. 허름한 건물에 꾀죄죄한 주인장. 하루 숙박비가 담배 한 갑 어치도 안 되지만 흥정은 필수다. 주인장은 여권 한 글자 한 글자 꼬박 확인하곤 '노 프라블럼'을 연신 뱉더니 방으로 안내해 준다.

저 삐그덕거리는 침대 위에 몸을 당장 내던지고 싶지만 그럴 수는 없다. 인도에서는 특급 호텔이 아닌 이상 침대에 보통 벼룩들이 지내기 때문에 작은 배낭에서 둘둘 말려 있는 침낭을 풀어 헤친다. 내 몸 하나 겨우 들어갈 만한 크기의 침낭을 펼친 후에야 눕는다. 한숨이 나온다. 일단 생존 문제는 해결한 거 같다.

갠지스강을 여기선 강가라고 부른다. 아까부터 멍하니 강가의 고수 부지에 앉아 지나가는 개와 소, 인도인들과 여행객들을 구경 중이다. 아무도 바쁘지 않은지 모두가 천천히 흘러가는 강물보다도 굼뜨다. 그렇게 멍하니 앉아 있는데 저 멀리 걸어오는 여인에게 시선을 뺏긴다. 하늘거리는 초록색의 레이스 셔츠도 눈에 띄지만, 무엇보다 하얀 피부가 눈에 띈다. 심지어 백인 여행자들도 보통 피부가 하얗기보다는 빨갛게 익었다는 표현이 어울리는데, 저렇게 하얀 피부를 가진 여인은 모두의 시선을 빼앗기 마련이다. 점점 거리가 좁혀질수록 기시감이 든다. 설마 하며 눈을 가느다랗게 떠 초점을 정확히 맞춘 뒤 집중해서 쳐다본다. 당당한 걸음걸이가 점점 빨라지며 이쪽을 향해 온다. 내 몸이 앞으로 쏠리며 꼬았던 다리가 풀린다.

"세상에 이게 누구야? 설마 했어!"

너무 놀랍다. 이름이 안나랬나. 여기서 족히 2,000km는 떨어진 마말라푸람에서 만났던 여자다. 말도 안 되는 거리에서 다시 만난 상황에 서로 놀랍긴 마찬가지다. 이국땅에서 심지어 인기도 없는 지역에서 배낭여행을 하다가 한국인을 만나면 반가워하곤 했는데, 지금의 이 두근거림을 설명하려면 학창 시절 첫사랑을 다시 만난 듯 반갑고 또 설레는 느낌이라고 해야겠다. déjà vu. 이 장면을 어디서 보았다. 마말라푸람에서 안나를 우연히 만났을 때였다. 그땐 인도 남서부의 고아 해변에서 1,000km는 떨어진 동쪽 끝 해변이었다.

그녀를 처음 본 곳은 고아 해변의 버스 안 이었다. 발 디딜 틈 없이 버스를 가득 메운 인도인들과 특유의 향신료 냄새. 언제 출발 할지 모를 버스로 그녀가 올라탔다. 곱상한 얼굴을 한 한국인 여자의 등장에 눈을 뗄 수가 없었다. 버스 안으로 쏟아지는 인도의 뜨거운 햇빛이 그녀를 더욱 눈부시게 만들었다. 몸채만 한 배낭은 그녀의 가녀린 어깨가 더욱 도드라지도록 해주었고, 헐렁한 배기팬츠와 하얗고 투박한 티셔츠는 털털한 성격을 대변하는 듯했다. 신발은 잘 생각이 나질 않는

다. 인파 속에 묻혀서 그랬는지 얼굴만 계속 봐서 그랬는지.

지난번 마말라푸람에서는 한 달 전에 목격했었다고 얘기를 해도 그녀의 반응은 뜨뜻미지근했었다. 웬 남정네가 시시껄렁한 농이나 던지는 걸로 받아들인 걸 수도. 그러나 지금의 반응은 상반되게 놀랍다. 서로 반가운 마음을 들썩거리는 몸과 귀에 걸린 미소, 높은 톤의 말투로 표현 중이다. 언제 어떻게 온 건 지 얼마나 있을 건지 숙소는 잡았는지 등등 여행자들의 정보 교환을 마치고선, 차이를 마실까 라씨를 마실까 즐거운 고민을 함께한다. 이런 설레는 감정엔 라씨가 더 어울리겠다.

라씨는 물소 젖으로 만든 요구르트에 소금 간을 한 음료인데 요거트 스무디 같은 모양새다. 무더운 날씨의 인도에선 여행자들에게 특히 인기가 있는데, 그 특유의 달고 짠 맛 덕에 웃음이 나고 기분이 좋아지는 음료다. 게다가 코코넛 과육의 쫀득함과 망고의 상큼함, 피스타치오의 고소함까지 한데 어우러지니 안 그래도 들떴던 기분이 날아다닌다. 라씨 한 모금 입에 담고서 그녀의 큰 까만 눈동자를 바라보며 이야기꽃을 피우고 있자니 내가 이곳에 온 이유를 알 거 같다.

약속 장소와 시간을 정하고 재차 확인하고는 이번에는 꼭 같이 다니자며 함께 다짐까지 하고서야 헤어진다. 어제까진 혼자만의 오랜 여행으로 인한 고단함과 외로움에 침낭에서 오랫동안 뒤척거리곤 했었는데, 오늘은 내일이 빨리 오기를 바라며 설레는 마음을 안고 이어폰을 꽂은 채 눈을 감는다.

어제 만났던 바로 그 강가 근처 계단에 걸터앉아 기다리고 있다. 시계를 언젠가 집시 소녀에게 줘버린 탓에, 태양을 향해 팔을 뻗어 가리키고는 시간을 가늠해본다. 얼마나 지났을까. 안나가 저만치 보인다. 손을 흔들며 씩씩하게 걸어오는 안나를 보고 있자니 웃음이 새어 나온다. 잘 잤는지 아침은 먹었는지 간단한 안부를 나누며 발걸음을 천천히 옮긴다.

갠지스강은 인도 히말라야산맥에서 시작해 벵골만으로 흘러드는 큰 강이다. 그런데 이 강, 뭔가 심상치가 않다. 허리춤까지 차오르는 강이라니 거기서 인도인들이 목욕 재개 중이다. 강물을 머리 정수리부터 발끝까지 섬세하게 흘려보내는데 마치 강물의 영혼을 느끼는 듯 묘한 표정들을 짓고 있다. 내 눈엔 그냥 구정물 같아 보이는데 인도인들에겐 성수 같은 건가? 옆을 보니 안나는 연신 카메라 셔터를 누른다. 그녀의 카메라 속 사진들이 궁금해진다. 그나저나 아까부터 저 멀리 상류에서 끊임없이 연기가 피어오르고 있는데 불이 난 건지 이상하다. 우리 둘 다 호기심에 발이 빨라진다.

연기가 피어오르는 곳에 가까워질수록 후각 세포들이 바늘로 콕콕 찔리는 듯하다. 보이지 않는 장막이 생겨나는 듯 고약한 냄새가 우리 앞을 막아선다. 안나는 이미 팔 한쪽을 들어 작은 얼굴 모두 파묻고서는 한 걸음 한 걸음 앞을 향해 나아간다.

엄청나게 큰 불길이다. 주변으로 수많은 인도인이 바쁘게 움직이고 있는데 계속해서 무언가를 불 속에 옮겨 넣고 있다. 그리고 그 무언가들은 저 멀리 골목길부터 반다나로 얼굴을 가린 인도 남자들에 의해 끊임없이 운반되고 있다. 설마⋯죽은 사람? 그렇게 많은 사람이 엄숙한 분위기로 바삐 움직이니 안나는 카메라를 꺼낼 생각조차 못 하는 듯하다. 끊임없이 밀려오는 시체들, 활활 타오르는 불길, 두 손을 모아 이마에 대고 뭐라고 중얼거리는 인도인들 그리고 갠지스강 위로 날아오르는 재의 눈. 그들은 바라나시에서 숨을 거두거나 화장을 하면 두 번 다시 이 번뇌의 세상에 태어나지 않는다고 믿는다. 죽기 위해 찾는 도시. 안나는 아까부터 내 옷소매를 잡고 있다.

화장터를 지나 강가의 물길 따라 유유자적 걷는다. 강 맞은 편 멀리 족히 8층 건물은 될 정도로 높은 벽이 보이는데, 특이하게도 윗부분과 아래의 색깔이 묘하게 다르다. 안나와 이런저런 상상을 나누며 추측해보다가 몇 해 전 발생한 큰 홍수가 원인일 거라고 그럴싸한 결론을 내린다. 저 멀리 나룻배 한 척 동동 떠 있다. 뱃사공은 우리가 손님이 될 거라는 걸 이미 직감 했는지 아까부터 손을 흔들고 있다. 언제 부서질지 모르는 낡은 나룻배와 앙상히 마른 늙은 뱃사공. 삐그덕삐그덕 노를 저어 배는 유유히 나아간다. 어느새 저 멀리 연기 가득한 화장터와 강 상류 너머 수평선이 보인다. 나루터에 도착하자 뱃사공은 어차피 여기에 손님도 없고 배도 없으니 기다리겠다고 한다. 삯을 받을 생각은 없는 건지 일단 다녀오라는 듯 손을 휘저으며 한사코 고집을 피운다.

대홍수가 났을 때 저 정도 높이로 물이 차올랐다면, 이곳은 한참 물속이었을 것이다. 하지만 지금은 어엿이 사람들이 터를 잡고 살고 있다. 우기만 되면 사라지는 슬럼가라니 전설 속 아틀란티스가 떠올라 씁쓸한 웃음이 난다. 하지만 이곳에 어른들은 보이지 않고 아이들만 다 해진 텐트와 낡아빠진 천막들 사이로 빼꼼히 우릴 구경하고 있다. 미어캣처럼 고개만 빼꼼 내민 채 우리가 위협이 되는 사람들인지 판단 중인 것 같다. 그때 내 배꼽쯤 키가 자란 소녀가 이쪽으로 뛰어왔다. 말없이 두 손을 내미는 아이의 이마에는 검은 점이 그려져 있다. 커다란 눈에 굵은 쌍꺼풀까지 참 예쁜 눈이다. 안나는 군말 없이 조그만 목걸이 지갑에서 10루피 지폐를 꺼낸다. 우리나라 돈으로 250원, 여기선 천원 정도의 값어치 하는 적은 돈이지만, 그 소녀는 크리스마스 날 산타 할아버지로부터 받은 선물 보따리를 푸는 아이들보다도 더욱 환한 미소를 지으며 연신 고사리 같은 열 손가락을 모아 인사한다. 이상한 인기척에 주위를 둘러보니 어느새 아이들에게 둘러싸였다. 마을 아이들이 모두 모여 버렸다. 안나는 어느새 볼이 발그스레 해져선 어색한 미소를 날리고 있다. 천사 같은 아이들이지만 신이 아닌 이상 모두를 구제할 수는 없는 노릇이다. 안나 손을 잡고 재빠르게 도망친다. 몇 발짝 갔을까 다시 뒤돌아보니 아이들은 해맑게 손을 흔들고 있다. 안나의 작은 손에서 온기가 느껴진다.

해외에서 여자 혼자 여행을 다니는 건 위험하긴 하다. 하지만 인도의 배낭 여행객들은 특유의 압도적인 기운을 갖고 있어서 온갖 위험들을 사전에 차단하는 기묘한 아우라가 있다. 안나도 마찬가지다. 지나가는 인도인이 말을 걸어도 안나는 들은 체도 하지 않았다. 아마 배낭

여행이 길어지면서 자연스럽게 체득한 요령이리라. 그녀에게서 뺏을
수 있는 건 먹다 남긴 부스러기 정도일 거다. 그만큼 혼자 여행하며 단
단해진 안나이지만 지금은 좀 다르다.

　어느새 아름다운 노을은 지고 날이 저물어가자 바라나시의 골목길
은 어둠이 삼켜 간다. 내 옷자락 끝을 잡고 뒤를 졸졸 따라오던 안나는
걸음이 이내 점점 빨라지더니 이젠 내 손을 끌고 앞장서고 있다. 어둠
을 애써 무시하기 위해 서로 시답잖은 농담들을 건네본다. 그것도 별
도움이 되지 않자 우리의 걸음은 점점 뜀박질이 된다. 동네 개들이 거
칠게 짖기 시작한다. 시멘트 땅과 신발에 묻은 흙 사이의 마찰음이 커
지고 우리의 호흡도 가빠진다. 겁먹은 개들의 울음소리가 점점 커질수
록 우리의 속도도 빨라진다. 캄캄해진 미로 같은 골목길을 뛰고 있자
니 서로의 손만이 의지가 될 뿐이다.

　안나는 방문 자물쇠에 열쇠를 돌리며 안도의 한숨을 쉬더니 날 보
며 웃는다. 나도 웃는다. 함께 웃는다. 우리 둘 다 밤을 함께 보내려고
생각한 건 아닐 텐데, 캄캄한 어둠이 가까운 안나의 호텔로 안내해 준
꼴이다. 쿵쿵. 갑자기 문 두들기는 소리와 함께 방문 아래 틈으로 사람
그림자가 비친다. 우린 긴장된 얼굴로 서로 쳐다본다. 문을 조심스레
열어보니 매니저 명찰을 단 인도인이 씨-익 웃으며 서 있다. 안나에겐
손을 들어 괜찮다는 시늉을 하고선 시커멓고 뚱뚱한 인도인 매니저를
따라 로비로 걸어간다. 등록된 게스트가 아니니 이곳에 있을 수 없다
고 한다. 대화가 이어질수록 같지 않은 갖은 이유를 늘어놓는 매니저

의 팔짱 낀 모습을 보니 왜 이러는지 알 것도 같다. 100루피짜리 지폐를 꺼내 두 장 쥐여준다. 그러자 조금 전까지의 까칠함은 어디로 간 건지 부처님 같은 온화한 미소를 짓는다. "노 프라블럼?" 반대로 묻고서는 움츠려 있던 어깨를 펴고 당당하게 걸어 나온다.

안나와 나는 러그 바닥에 엎드려 있다. 바로 옆에 침대가 있지만 아무래도 함께 누워있기가 민망했던 탓이다. 배를 깔고 다리를 앞뒤로 흔들며 서로의 수첩을 구경한다. "이게 무슨 글자야?" 안나는 수첩 한 모퉁이를 손가락으로 가리키며 날 빤히 쳐다본다. 언젠가 힌디어로 써놓았던 내 이름이다. 안나는 그 답을 듣곤 갑자기 장난기 어린 미소를 띠며 내 머리를 손가락으로 쭈욱 그으며 말한다. "이거 여기에 새겨볼까?". 한쪽만 밀어버렸던 탓에 수확 철 텅 빈 밀밭 같은 내 머리에 글자를 새겨보고 싶나 보다. 이내 안나는 벌떡 일어나 눈썹 칼을 가지고 오더니 앉아 보라며 헤어 디자이너 같은 포즈를 취한다. 안나는 이 각도 저 각도로 찬찬히 재가며 머리카락을 쓱쓱 깎아낸다. 얼굴을 바라보려 하니 "가만"이라며 두 손으로 내 얼굴을 바로 잡는다. 안나의 몸이 너무 가깝다. 아까부터 아무 티도 내지 않으려 꼼짝도 하지 않고 있지만, 자꾸 입 안에 침이 고이는 바람에 꼴깍꼴깍 삼킨다. 안나가 나의 힌디어 이름을 머리에 새겨주자, 마치 안나의 소유가 된 느낌이 든다.

늦은 밤 더 이상 놀거리도 이야깃거리도 떨어지자 우리는 나란히 침대에 누워 있다. 두 손을 깍지 끼어 머리를 감싼 채 천장에 매달려 돌아가는 프로펠러를 말없이 한참을 본다. 안나는 천천히 등을 돌려 눕는다. 나도 옆으로 따라 눕는다. 안나의 올림머리가 보인다. 잔 머리칼 사이로 하얗고 긴 목선이 보인다. 두근거리는 심장 소리가 밖으로 새어 나올까 조마조마하다. 안나의 목과 베개 사이로 틈이 보인다. 그 틈 새로 팔을 넣어 본다. 그러자 안나는 다시 돌아눕더니 얼굴을 올려 빤히 쳐다본다. 안나의 큰 동공을 바라본다. 그리곤 머리만 살짝 들어 조금씩 그녀에게로 다가간다. 안나는 옅은 미소를 지으며 고개를 미세하게 가로젓는다. 어쩔 줄 몰라 '굿나잇'이라 작게 속삭인 뒤 눈을 질끈 감는다.

버터 바른 토스트와 시럽 뿌린 팬케이크 그리고 오렌지 주스. 간단하게 아침을 함께 먹고 안나는 네팔 여행책을 뒤적거리고 있다. 난 수첩을 멍하니 보다가 잠시 자리를 뜬다. 테라스에 몸을 기댄 채 성냥을 그어 담배에 불을 붙이곤 지난 여정과 남은 일정을 생각해 본다. 한국 면적의 33배에 달하는 넓디넓은 나라. 어슬렁어슬렁 낙타를 타고 서쪽 사막을 지나, 인도양과 벵골만, 아라비아해가 만나는 따뜻한 남쪽 땅끝마을을 찍고. 석가모니가 깨달음을 얻었던 보리수나무가 있는 동쪽 불교 성지까지. 긴 긴 여정이었다.

이제 남은 건 북부다. 중국의 탄압을 피해 생사를 걸고 히말라야산맥을 넘어왔던 티베트인들의 망명 정부가 있는 곳. 다시 환생한 달라이 라마를 영접 할 수 있는 곳. 북부의 차가운 바람이 나를 부르고 있다. 그런데… 꼭 가야 하는 걸까. 기차표를 꺼내 괜스레 만지작거려본

다. 한 모금. 또 한 모금. 깊게 한 모금 흩뿌리고는 입술을 굳게 다문
다. 그래도 가야겠지.

자전거 릭샤의 높은 좌석에 나란히 앉아 우리는 아무 말도 하지 않
고 좌석 아래에서 누구도 모르게 손을 맞대고 있다. 안나는 내 엄지와
검지 사이로 살며시 손가락을 걸친다. 손을 잡았다기보다는 연결되었
다고 표현해야 할 것 같다. 바라나시의 풍경이 빠르게 지나가는 게 아
쉬워진다. 기차역이 빠르게 가까워진다. 힘차게 페달을 밟고 있는 릭
샤왈라가 괜스레 미워진다. 그의 다리가 멈추자, 긴 침묵을 깨고 안나
가 어렵게 말을 꺼낸다.

"가지마. 우리 안나푸르나 같이 가자."

울컥하며 저며 온다. 가슴 속 깊은 곳으로부터 강물이 빠르게 차오
른다. 나도 안나와 떨어지고 싶지 않다. 손을 놓고 싶지 않다. 함께 있
고 싶다. 그렇지만… 그렇지만 내 길을 가야만 한다. 목구멍의 거의 남
지 않은 공기를 통해 두 글자를 힘겹게 쏟아낸다.

"안녕."

눈물이 차올라 안나의 눈망울을 더 이상 바라볼 수가 없다.

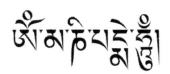

카페에서 나와 인사를 나누려는데 안나의 전화벨이 울렸다. 전화기에서 새어 나오는 목소리를 훔쳐 들으며 괜스레 가만히 서 있는 나무를 발로 찼었다.

"잘 가. 잘 지내."

우리 둘 다 더 이상 볼 수 없을 거란 걸 알았던 것 같았다. 그녀의 반대 방향으로 걸음을 터벅터벅 옮겼다. 가을밤의 차가운 공기가 옷 틈으로 한 바퀴 지나갔다. 옷깃을 여미며 배터리 가득한 스마트폰을 꺼내어 음악을 애타게 찾았다. 인도여행 때 매일 밤 잠들며 들었던 노래였다. 기타 전주가 흘러나오자 스물여섯의 인도가 다시 펼쳐졌다.

팔베개, 입맞춤, 따뜻한 한 이불, 나긋한 숨소리, 이젠 함께 아니지만 눈물과 외로움, 슬픔과 괴로움, 하얗게 지운 듯 깊은 잠 예쁜 꿈속에 굿나잇

10cm의 'Good Night' 가사 中

상상해본다. 가보진 못했지만 마음속 자리 잡고 있는 안나푸르나를. 우뚝하게 솟아 있는 까맣고 하얀 설산 봉우리. 솜사탕 같은 하얀 구름이 펼쳐져 있는 푸르른 하늘 그라데이션. 그 아래 바위 지대와 드넓은 설원. 그 위에 빨갛고 노란 네팔의 전통 깃발들로 둘러쳐진 목재 산장이 홀로 서 있다.

그 산장 안에는 벽난로가 바스락거리는 소리를 내며 활활 타오른다. 앞에 펼쳐진 부드러운 양털 러그 위에는 오래된 위스키 한 병과 얼음 담긴 잔이 두 개 놓여 있다. 그리고 안나와 나. 손을 맞댄 채 타들어가는 장작을 함께 바라본다.

바람 불어 떠난 그 곳에

김우성

김우성 독서를 좋아하는 평범한 직장인. 독서리뷰를 하다 내 이야기를 쓰고자 글쓰기를 도전하고 있다. 무작정 떠난 호주워킹홀리데이를 통해 내 안의 몰랐던 나를 찾게 된다. 이후 매년 새로운 곳으로 여행 떠나는 것을 즐기고 있다. 좋아하는 드라마는 '나의 아저씨'이다. 지치고 힘들 때 드라마 속 인물들을 보며 위로를 받는다.

instagram: www.instagram.com/kwdaniel_book

Prologue.

'세상사때문에 울적해지면 히스로 공항의 입국장을 떠올린다. 세상에는 사랑이 넘친다.'

영화 '러브 액츄얼리'의 첫 장면은 히스로 공항의 밝은 모습을 배경으로 이 내레이션과 함께 시작한다. 공항에는 설렘과 반가움이 공존한다. 영화의 주제처럼 행복함이 이 공간을 지배한다. 오랜 이별 뒤 재회하는 연인, 가족, 친구들이 있고 엔딩 장면에서 영화 속 주요 인물들이 고민과 갈등 끝에 공항에서 다시 만나게 된다. 벅찬 마음을 품고 새로운 시작을 알리는 발걸음. 꿈꿔온 세계로 내딛는 첫 걸음. 오랜 시간 만나고 싶던 이를 기다리는 마음이 그 곳을 가득 채운다. 영화의 처음과 마지막 장소가 공항인 이유는 이런 행복함을 보여주기 위해서가 아닐까.

하지만 내 기억 속 첫 공항은 정 반대로 다가왔다. 겪어보지 못한 공포감이 가득한 곳이었다. 나는 행복하지도 않았고 슬프지도 않았다.

그냥 두려웠다.

호주로 출발하는 날 아침 동네친구들과 친동생과 공항에 같이 갔다. 그 전까지 없었던 두려움이 몰려왔다. 친구들이 얼굴색이 허옇게 떴다며 놀려 댔다. 친구들의 가벼운 농담조차 듣지 못할 정도로 긴장한 상태였다. 주위가 음소거된 마냥 아무 말도 들리지 않았다.

비행기도 처음, 해외도 처음, 혼자인 것도 처음. 모든 것이 처음이었던 그 출발의 무게가 당일이 되어서야 다가왔다.

시드니로 가기 전 나리타공항에서 환승을 했다. 6시간 대기였는데 배고픔도 피곤함도 잊은 채 가방을 품고 의자에 앉아만 있었다. 시드니행 비행기 게이트 앞에서 이 자리를 떠나면 큰일날 것처럼 꿈쩍도 하지 않았다. 자리를 비우면 그 사이 비행기가 떠날 것처럼, 그 사이 게이트가 바뀔 것처럼 느껴졌다. 어머니가 길을 잃으면 어디에 가지 말고 그 자리에 무조건 가만히 있어야 한다는 말을 깊이 새겨들은 어린아이 마냥 배고픔도, 피곤함도 잊은 채 가방을 가슴에 품고 내 자리를 지켰다. 극도의 불안감 속 끝없이 느껴진 6시간 후 시드니행 비행기에 탑승했다.

도착한 시드니공항에는 나의 세상에 없던 텍스트들이 반기고 있었다. 내가 영어를 못한다는 것을 그때서야 깨닫고 불안함이 자리잡았다. 영어를 할 줄 알았다면 돌아가는 비행기예약을 변경하여 바로 돌아갔을 것이다. 불안에 빠져 두리번거리다 공항에 있는 게스트하우스 게시판에서 한글 한 줄을 발견했다. 포커스가 나간 나의 시선에서 그 한 줄만이 망원렌즈로 당기듯 보였다. 수많은 영어들 사이에서 '환영

합니다' 라는 평범한 그 한 줄이 구원의 손짓을 하며 다가왔고 바로 전화를 했다. 그런데 연결된 상대방은 영어만 했다. 망했다 싶은 찰나, 새로운 구원이 다가왔다.

"이리로 오세요."

한글이다! 한글이 들렸다. 난 이미 그의 말에 따라 움직이고 있었다.

죽으라는 법은 없다는 말이 떠올랐다 오감의 잠재력이 폭발하던 순간이었다. 그는 손님을 구하는 게스트하우스직원이었고 무작정 그를 따라갔다. 어떤 일이 벌어질지 생각을 여유조차 없었다.

1.

군대 전역 후 복학한 학교는 1학년 때의 모습과는 너무나 달라져 있었다. 학교는 그대로였으나, 내가 모르는 사람들로 가득 차 있었다. 친구들은 복학하지 않고 친했던 선배들은 졸업하여 생소한 후배들과 새로운 관계를 만들어야 했다. 그 때의 나는 주체적으로 새로움을 만들어 가지도, 외로움을 극복하지도 못하는 아이였다.

아쿠아리움 대형풀을 가면 수많은 물고기들과 어울리지 못하는 상어들을 볼 수 있다. 나는 그 상어들을 볼 때마다 외로움을 느꼈다. 작은 물고기들이 포식자를 피해 다니는 것이 아닌, 몇몇 포식자가 수많은 물고기 때와 어울리지 못해 그들이 다니지 않는 길을 다니는 느낌.

내가 그랬다. 후배들은 복학한 나에게 스스럼없이 다가왔는데 내가 그들 속에 들어가지 못했다.

군대의 어두운 기억이 학교의 밝은 기운을 자꾸만 밀어내서 그들과 어울리기 힘들었다. 쉽지 않은 학기가 끝나고 우연하게 TV에서 호주 여행기를 보았다. TV 속 호주의 광활한 풍경과 호주인들의 밝은 기운이 마음을 움직였다. 말도 통하지 않는, 아는 사람이 전혀 없는 곳에서 저 밝음을 느끼고 싶었다. 그레이트베리어 리트와 울룰루의 풍경과 공원에서 여유롭게 누워 있는 사람들의 모습을 보며 저런 곳에서 지내면 어떨 까라는 생각에 사로잡혔다. 그리고 그 날 부모님께 말씀드려 허락을 받고 다음 날 바로 휴학을 결정했다.

말도 통하지 않고 아는 이 없는 그 곳에 나를 던져 익숙하지 않은 새로움을 극복한다면 이 나약함을 이겨내지 않을까 생각했다. 무슨 미래가 펼쳐질 지 알 순 없지만 눈 딱 감고 저질러 버렸다. 현실로부터의 도피가 아닌 극복을 위한 떠남이 필요했다.

떠남의 목표가 거창하진 않았다. 외국친구를 사귀는 것과 돈 벌어 여행가는 것이 호주행의 목표였다. 나 혼자 새로운 친구를 만나고 새로운 곳을 여행하는 것. 익숙하지 않은 새로움이라는 강박이 내 머리 속을 짓눌렀었다.

막상 가기 위한 준비를 시작하니 막막했다. 나는 국내여행을 몇 번 다녀 본 게 경험의 전부였고, 주위에 외국생활을 경험해 본 사람이 없었다. 물어볼 사람도, 지금처럼 흔히 볼 수 있는 여행 브이로그조차 그 당시에는 찾아 볼 수 없었던 때였다. 네이버카페와 유학원을 방문하여 얻어내는 정보가 전부였다. 지금 생각해 보면 정말 무지했다. 사는 곳도, 충분한 돈도 준비되지 않은 상태에서 무작정 떠난 것이다. 무식하면 용감하는 말은 거짓이다. 정도껏 무식해야 용감해질 수 있다.

2.

　도착한 그 곳은 다행히 게스트하우스였다. 시드니시티가 아닌 가정집들 사이에 있는 곳이었다. 이곳이 어딘지 도대체 가늠할 수가 없었다. 그 흔한 스마트기기도 없었던 시기라 게스트하우스에 있는 지도에서 오페라하우스까지의 손 한 뼘의 거리가 어느 정도인지 가늠할 수가 없었다. 그저 시드니에서 알고 있던 장소와 멀리 떨어져 있고 나랑 겉모습이 다른 사람들이 나랑 다른 언어로 대화하는 곳. 그 곳에 와 있었다. 돈이 없어서 6명이 같이 쓰는 도미토리룸을 신청했다. 다른 곳을 가기에는 너무나 피곤했고 갈 수 있는 방법도 없었다.

　방문을 열었을 때 첫 장면을 잊을 수가 없다. 첫 날부터 문화충격을 받았다. 한 침대에 외국인 남녀가 누워있었다. 영화에서나 보던 장면이었다. 남자는 상의를 입지 않고 여자는 속옷만 입은 채 누워 있는 그 커플을 보며 순간 방을 잘못 들어온 줄 알았다. 예약한 곳은 6인이 쓰는 방이니 있을 수 없는 장면이었다. 다시 확인한 방번호가 정확했다. 여기는 어디인가? 무엇을 보고 있는 건가? 들어가야 하나 나가야 하나? 온갖 생각들이 스쳐가는 사이 문을 열어 젖히는 소리에 잠이 깼는지 여성분이 일어나 화장실로 가며 웃으며 말했다. 속옷만 입은 채 너무 밝은 표정으로.

"Good morning. How are you?" ("좋은 아침이야. 안녕?")

아무 말도 할 수가 없었다. 학교 다닐 때 선생님이 무조건 외우라고 했던 'Fine. Thank you, and you?' 조차 입 밖으로 나오지 않았다. 불안의 늪에서 벗어나기도 전에 문화적 대혼란에 빠졌다.

짐을 풀고 나니 드디어 배가 고팠다. 한국에서 비행기 타기 전 음식을 먹고 한 끼도 먹지 못한 상태였다. 조식시간이라 식당에 가보니 식빵과 검은 잼이 보였다. 즐기던 조합은 아니지만 신경 쓸 여유는 없었다. 기대하는 짙은 단맛을 생각하며 입으로 검은색이 듬뿍 담긴 빵을 넣었다. 하지만 그건 겪어보지 못한 맛이었다. 그 검은 잼은 초코잼이 아니었다. 호주에서 악마의 잼이라고 불리는 '베지마이트'였다. 베지마이트는 야채즙, 소금, 이스트를 혼합한 잼으로 호불호가 갈리는 식품이다. 나에게 베지마이트는 출국하는 날까지 홍어와 같은 존재였다.

충격 더하기 충격의 표정으로 주위를 둘러보니 나와 똑같은 표정의 두 친구가 보였다. 나와 같은 비행기를 타고 같은 걱정으로 이 곳에 와 있는 동갑내기 한국인. 미어캣 세마리가 한 공간에 있었다. 조그마한 소리에도 경계하듯 두리번거리다 우린 눈이 마주쳤다. 내가 바라본 둘의 표정에서 불안해하고 있는 내 기분을 느낄 수 있었고, 그 친구들도 내 표정에서 똑같은 것을 느꼈다고 했다. 다행히 둘 중 한명이 시드니에 지인이 있었다. 그 친구 덕에 드디어 시드니 시티로 갈 수 있었다.

　게스트하우스를 벗어나 쉐어하우스생활을 시작했다. 아파트에 20명이 같이 사는 곳이었다. 40평이 되지 않는 곳이었는데 침대가 없는 곳이 없었다. 심지어 베란다에도 침대가 2개 있었다. 선룸이라는 공간인데 돈이 없어 그 곳에서 잠시 자기도 했다. 해가 뜨자마자 뜨거워지기 때문에 절대 아침형 인간이 되는 장소였다. 20명의 남자가 한 공간에서 지내다 보니 군대에 다시 온 느낌이었다. 그 곳에서도 서열과 규칙이 존재했다. 나이순, 호주에 들어 온 순으로 서열이 정해졌고, 20명에서 2개의 화장실과 하나의 주방을 공유하다 보니 정확한 시간배분이 필요했다. 아르바이트 시간에 맞춰 화장실과 주방 사용시간이 정해져 있었다. 한 치의 오차도 허용되지 않았다. 칼 같이 시간은 지켜져야 했다. 청소와 쓰레기배출 역시 매일 당번이 정해졌다. 전역 후 생활에 적응되지 않아 떠난 호주에서 새로운 군대식 생활이 시작되는 것 같았다.

　그 곳에서 2주를 보내고 친구와 지낼 만한 쉐어하우스에 들어가 본격적으로 호주에 정착하기 시작했다. 20명이서 지내던 공간을 벗어나 10명과의 생활을 시작하니 그렇게 쾌적할 수가 없었다.

3.

시드니 정착을 생활을 시작하고 새로운 사람들과의 만남에 집착했다. 정확히는 외국인 친구를 만들기 위해 집착했다. 영어가 이유이기도 했지만, 익숙하지 않은 새로움을 극복하겠다는 목적의식이 강박으로 다가왔다. 유학생들 커뮤니티에 참여했고 한달동안 번 돈으로 어학원도 등록했다.

같이 살고 일했던 사람들을 제외하곤 의도적으로 한국사람을 피하기도 했다. 새로운 관계를 만들기 위해 그들 속에 나를 억지로 집어 넣었다. 그들은 새롭게 들어오려는 이방인을 반갑게 맞아주었다. 매일 어학원을 가고 매주 커뮤니티에 참여하며 목표한 바를 빠르게 이루고 있다는 착각을 하고 있었다.

매주 수요일 일본인 커뮤니티에 참여했다. 가장 가까운 동양인에 같은 신분인 그들과의 관계 형성이 쉬울 것이라 생각했다. 처음에는 잘 적응하는 듯 했다. 어학원에서 유럽친구들과 어울리는 것보다 동양인친구들과는 동양적 마인드도 비슷하고 영어를 못한다는 동일한 콤플렉스 덕에 친해지기가 쉬웠다.

하지만 어느 순간 그들과 나 사이에 큰 벽이 존재하는 것이 느껴졌고 더 이상 가까워지는 것이 힘들었다. 일본과 우리는 지리상 가장 가깝지만 정서와 성향이 너무 달랐다. 그 다름을 몰랐던 것이다. 우리 나라도 살아온 환경에 따라 사람들이 다른데 난 그것을 쉽게 생각했었다. 언어의 장벽도 컸다. 영어가 부족했던 우리는 어느 수준을 넘어서

면 각자의 언어로 한국인끼리, 일본인끼리 대화하고 있었다. 만나면 즐겁게 이야기하고 놀았지만 친구가 될 수 없을 것 같은 느낌이었다.

오히려 전혀 다른 문화권 친구들과는 벽이 조금씩 빨리 허물어지는 기분이었다. 지금 생각해보면, 못내 아쉽다. 스스로 그들을 판단하고 벽을 만들었던 것 같다.

4.

사람들이 시드니에서 뭐했냐고 물어보면 열심히 일했다고 말했다. 생활하기 위해서, 목적을 이루기 위해서 돈이 필요했고 일을 해야 했다. 오직 돈을 벌기 위해 온 친구들도 많았다. 같이 산 친구 한 명은 일주일에 7개의 아르바이트를 했다. 돈이 목적은 아니었으나, 목표한 바를 이루기 위해선 돈이 필요했다. 최대한 열심히 일하고 아끼며 목표를 향해 나아갔다.

같이 지내던 동생은 영어를 꽤나 잘했다. 호텔에서 아르바이트를 시작했는데 시급이 2배 이상 차이가 났다. 하지만 나에게 선택지는 없었다. 그 때의 난 식당에서 주문도 힘겨울 정도의 영어실력이었다.

쉐어하우스에서 만난 형들을 따라 시드니 시티에서 지하철로 20분 거리에 있는 작은 마을의 세차장에서 일했다. 한국인이 운영하는 세차장이었고 직원이 10명 정도였다. 나와 같은 워홀러도 있었고 정착 후

대학 다니며 아르바이트하는 형들도 있었다. 중동에서 온 사람이 한 명 있었는데 호주에 밀항으로 들어와서 5년인가 정착하여 영주권을 얻기 위해 일한다고 했다. 우리는 각자의 목적을 응원하고 의지하며 하루하루 즐겁게 일했다.

세차장은 항상 손님들로 가득 했다. 하루 종일 바빠서 점심은 무조건 라면을 먹었다. 돈을 아끼려는 목적도 있고 시간도 없어 시드니에 있는 모든 라면들을 다 먹어 보는 기회가 되었다.

수많은 손님들 중 단골할아버지가 기억에 남는다. 거의 매일 세차를 하러 오는 할아버지는 일하고 있는 우리들에게 항상 따뜻한 미소와 격려를 해주었다. 낯선 곳에 와서 고생하면서 경험하는 우리를 항상 격려해주고 응원해주던 분이었다. 하루는 한 손님이 영어도 못하는데 왜 호주에 왔냐고 인종차별적인 말을 했는데 할아버지는 "당신은 영어만 할 줄 알지. 이 친구들은 영어도 할 줄 알기 위해서 온 거다." 라며 대신 그 인종차별자를 혼냈다.

그 날도 역시 할아버지는 똑같은 시간에 똑같은 웃음으로 세차장으로 왔다.

"How are you? Are you good?" ("안녕하세요. 잘 지내죠?")

"I'm just Breathing." ("숨만 쉬어")

순간 처음 듣는 대답에 당황한 나를 보며 할아버지는 농담이다 웃으며 어깨를 툭툭 치며 카페로 들어갔다. 숨은 쉰다는 그 짧은 농담 한마디로 먼 곳에서 온 낯선 청년들에게 짧은 웃음을 주고 싶었던 것 같다. 할아버지와 깊은 대화를 해보진 못했지만 짧은 대화와 표정으로 우린 서로를 이해하고 있었다.

5.

시드니의 태양은 타는 듯 강렬했다. 뻘건 햇빛이 피부를 사정없이 내려쳐 붉은 멍자국을 만들었다. 나는 여름에 태어났으나 여름을 안 좋아한다. 나는 더위를 많이 타고 땀나는 것이 몹시 싫다. 그 찜찜함이 싫다. 한국의 여름은 습도가 가득한 찜찜한 더위라면, 시드니의 여름은 한국과는 다르게 건조하고 따가운 더위였다. 뜨거운 더위에 온 몸이 타는 것 같다가 그늘에 들어가면 시원함이 느껴졌다.

더위를 피해 찾았던 시드니의 공원이 어느덧 힐링장소로 변했다. 한국에도 공원은 많지만 시드니에서는 집에서 공원을, 공원에서 공원을 걸어서 다닐 수 있어서 좋았다. 서울에서는 공원을 가는 것도 공원에서 다른 공원을 가는 것도 차가 없이는 힘들다. 쉬기 위해 가는 공원이지만 공원을 가기 위해서는 큰 마음을 먹어야 한다. 공원 주변의 시세가 다른 곳보다 높은 이유는 공원이용의 편리함도 적용될 것이다. 시드니는 시티 내의 공원을 걸어서 다닐 수 있었다. 시드니에서 살면서 일하는 곳을 제외하면 항상 걸어 다녔다. 걸어 다니면 그 속에서 그들의 삶이 보였다.

이 떠남을 결정하게 된 TV 속 공원의 여유로움이 너무나 큰 기쁨이었다. 시간이 날 때마다, 시간을 내서 공원에 갔다. 많은 공원 중 로얄 보타닉 가든을 특히나 좋아했다. 호주 각 도시마다 같은 이름의 공원이 존재한다. 시드니의 공원은 오페라하우스 옆에 위치해 있다. 오페라 하우스에서 바라보는 공원은 매우 작아 보이지만 안으로 발을 디디는 순간 광대한 초록과 파랑의 조화에 압도된다. 초록색으로 펼쳐진 넓은 공원에서 파란 하늘을 보며 걷고 뛰고 먹고 누워 있는 사람들을 보는 것. 그리고 나 역시 그들 속에 있는 것. 공원을 자주 갔다.

공원에서 가장 유명하고 나 역시 가장 좋아했던 장소는 맥쿼리체어였다. 이 곳에선 오페라하우스와 하버브리지를 가림없이 동시에 볼 수 있다. 적당히 떨어진 거리에서 봐야 더욱 아름다운 두 건축물의 매력을 느끼기에 이 곳만큼 좋은 장소가 없다. 하늘과 바다의 경계에 랜드마크가 걸쳐 있는 풍경이 참으로 인상 깊은 곳이었다.

시드니 천문대도 내 마음을 사로잡을 만큼 아름다웠다. 이 곳은 공원보다는 천문대 앞에 작은 잔디밭이었다. 낮은 언덕을 올라와 잔디밭에 앉으면 시드니 풍경이 한 눈에 들어오는 곳이다. 특히나 이 곳은 노을이 질 때가 유명하다. 하얗던 오페라하우스가 오렌지색으로 물들기 시작했고 해가 지는 순간 남색으로 변했다. 그리고 조명으로 켜지면 다시 하얀 원래 모습으로 돌아온다. 매일 수많은 사람들이 오페라하우스와 함께 변해가는 아름다운 풍경을 보기 위해 낮은 언덕을 올라왔다.

전 세계 어디에서나 차별은 존재한다. 나 역시 그랬다. 동양인 남성이라는 이유로, 영어를 못 한다는 이유로 그들은 내가 어떤 사람인지 알지도 못 한 채 차별을 했다. 욕설과 간접폭력을 당하기도 했다. 시드니에 살면서 기분이 울적해 질 때면 공원을 찾았다. 그 곳에선 인종, 성별, 나이 구분이 없었다. 사람과 동물의 구분도 없었다. 그저 햇빛을 쬐며 자연을 즐길 뿐이었다. 그 곳에서는 모두 해바라기였다.

6.

　매년 3월 시드니는 세계 각국에서 음지 속에 자리잡은 이들이 양지 속으로 나오기 위해 모여든다.

　마디그라 축제는 세계 최대 동성애 축제로, 동성애자들과 성전환자들이 동성애차별법에 대항하기 위해 행진을 한 것이 그 시작이 됐다.

　호주에서 성소수자들은 당당하게 자신의 의견을 밝혔다. 차별은 존재하지만 우리나라처럼 음지에 숨어있지는 않았다.

　마디그라 축제의 하이라이트는 퍼레이드다. 세계 각지에서 모인 그들은 화려하게 자신을 꾸미며 본인들의 의견을 표출했다. 성소수자가 이렇게 많은 지 몰랐고 그렇게 밝은 표정으로 당당하게 자신을 드러내는 것이 너무 충격이었다. 그들 뿐만이 아니었다. 퍼레이드를 지켜보는 모두 밝게 웃었다. 그들의 표현에 환호하고 같이 웃고 같이 사진 찍는 모습에서 차별은 사라지고 공존만이 남아 있었다. 우리나라의 유명한 성소수자 연예인도 그 퍼레이드에서 보았는데 TV 속 모습보다 훨

썬 단단한 모습이 인상깊었다.

시드니에서 많은 동성애자들을 만났다. 그들은 우리와 같은 사람이었다. 그저 우리와 다른 이성관을 가질 뿐. 비슷한 외로움과 차별을 받은 경험 때문인지 이방인인 나를 다른 사람으로 바라보지 않았다. 그들은 먼저 말을 걸어줬고 적응한다는 어려움을 이해해줬다. 이방인으로 방문한 호주에서 빠르게 적응할 수 있었던 건 그 곳에 사는 사람들 덕이었다. 해결해야 할 차별이 존재했지만 그들은 하나씩 벽을 허물고 있었다.

몇 년 전 서울에서 열린 퀴어축제를 가본 적이 있다. 그 곳의 분위기는 시드니의 그것과는 너무나 달랐다. 차별과 혐오만이 존재하는 곳이었다. 서로 틀리다고 소리치는 그들에게는 그저 분노만이 느껴져서 그 공간에서 숨 쉴 수조차 없었다.

호주의 그 축제에서 다름을 인정하는 법을 배웠다. 함께함을 배웠다. 그들의 밝음 속에서 나의 외로움과 두려움도 함께 사라지고 있음을 느꼈다. 무지개 깃발은 성소수자를 의미하곤 한다. 사람은, 그리고 생명을 가진 모든 것은 각자의 색이 존재한다. 어느 하나 같을 수 없다. 무지개처럼 다양한 색을 가진 우리를 우리가 인정한다면 우리 안의 외로움과 두려움이 조금은 사라질 것이다.

7.

대학교 1학년 때 친한 여자선배 2명, 동기 2명과 많은 여행을 떠났다. 부모님이 워낙 바쁘셨기에 학창시절 많은 여행을 못했던 나에게 여행은 큰 즐거움이었다. 좋아하는 사람들과 떠나 새로운 곳에서 새로운 것을 보고 새로운 것을 먹는 맛을 알아 버렸다. 그렇게 여행은 내 인생의 큰 항목이 되었다.

하지만 호주에서 여행은 내가 해온 여행과는 달랐다. 학교 다닐 때의 여행은 선배들이 정해주면 그 속에서 열심히 놀기만 하는 것이었다. 내가 결정하고 내가 실행한 여행은 이번이 처음이었다.

또한 시드니생활은 여행보다는 정착이었다. 시드니생활에 적응하면서 나만의 여행계획을 계속 만들어 갔다. 한국에서 가져온 여행책을 보며 매일 여행일정을 수정했다. 만났던 사람들의 여행이야기를 들으며 가고자 하는 곳이 추가됐고 일정은 계속 수정됐다. 일정이 변경될 때마다 여행의 기대감이 커졌다.

처음부터 끝까지 스스로 여행일정을 정하는 것은 생각보다 어려웠다. 일정, 교통, 숙박 등 챙겨야 할 것들이 너무 많았다. 기간의 차이는 있지만 겨우 한 살 많았던 선배들은 뚝딱뚝딱 정했던 것 같은데 나는 뭐 한 결정 하는게 쉽지 않았다. 한 살 선배도 역시 선배였던 건지.

수정에 수정을 거듭한 끝에 8주간 호주 동부를 여행하기로 결정했다. 테즈매니아와 뉴질랜드를 가고 싶었지만 일정과 돈의 여유가 없었다. 호주를 여행하는 방법은 매우 다양했다. 차를 렌트해서 다닐 수도 있고 패키지투어를 할 수도 있었다. 내가 선택한 방법은 버스였다. 그레이하운드 버스사에서 제공하는 장거리버스 패키지인데 기간과 루트를 정하면 그동안 어디서든 언제든 버스를 이용할 수 있었다. 세계 각지의 워홀러들은 가성비가 최고인 이 버스패키지로 호주여행을 다녔다.

경로를 정하다 보니 어쩔 수 없이 비행기를 타야 했다. 첫 여행지를 무조건 멜버른으로 정했기 때문에 시드니에서 멜버른까지 버스로 이동하고 멜버른에서 캐언즈를 비행기로 이동하고 이 후 버스로 시드니까지 돌아오기로 했다.

여행을 떠나는 날, 시드니로 떠났던 날과 다르게 불안함이 거의 없는 상태였다. 시드니생활 동안 조금은 단단해 있었다. 반년의 경험을 통해 새로움을 극복할 자신이 생겼고 영어실력도 꽤나 늘었다고 생각했다. 불안감 대신 설렘만이 자리를 잡았다.

8.

여행을 계획하면서 굳이 멜버른을 첫 도시로 선택한 건 드라마 '미안하다 사랑하다' 때문이었다. 내 인생드라마 중 하나인 이 드라마는 멜버른에서 시작이 된다. 호주에 오게 된 이유는 아니지만 드라마 촬영지가 호주여행이 시작이 될 이유는 나에게 충분했다.

멜버른에서 2박3일을 머무른 계획이었지만 첫 날 이 계획을 수정했다. 12시간의 장거리 버스이동을 마친 뒤 숙소에 짐을 풀고 밖으로 나가자마자 이 도시의 매력에 빠져 들었다. 숙소를 나와 당연히도 근처 공원으로 갔다. 흐린 날씨임에도 이 도시의 공원은 어떤 곳일지 궁금했다.

들어간 공원은 구름 낀 하늘과 너무 잘 어울렸다. 시드니의 쨍함과 반대로 멜버른은 흐림의 도시였다. 멜버른의 날씨는 런던과 매우 비슷하다. 하루에 사계절을 다 겪을 수 있는 변화무쌍한 날씨의 도시.

피츠로이 정원은 과거 블루 스톤의 채석장을 공원으로 조성한 곳이다. 공원에 들어가서 처음 본 풍경은 잎이 없는 나무들이 기하학적으로 꺾여 있는 가지와 함께 두 줄로 심어져 있고 작은 오두막집이 살짝 보이는 길이었다. 구름으로 덮인 흐린 하늘과 함께 나무들의 그로테스크한 기운을 만들어 내어 마치 판타지 세계에 들어와 있는 느낌이었다. 작은 오두막집에서 마녀가 걸어나 올 듯한 곳이었다.

시드니의 밝은 날씨에 적응에 있다가 갑자기 정 반대의 기운에 휩싸이는 순간, 느껴보지 못한 새로움을 다시 겪은 것이다. 마치 다른 나라에 온 것 같았다. 새로움을 위해 떠났던 나의 목표가 다시금 각인되는 순간이었다. 멜버른에서는 하루에 4계절을 경험할 수 있다. 쨍했다가 흐려졌고, 햇빛이 쏟아지다가 비가 쏟아졌다. 나는 흐린 날씨를 좋아했다. 시드니에서 살면서 쨍한 밝음에 빠져 있었으나, 멜버른에 도착하니 진짜 좋아했던 날씨를 만날 수 있었다.

멜버른에서 지낸 5일은 항상 흐렸다. 그런데 이 흐림이 멜버른이라는 도시의 다양한 색감들과 대비되는 아름다움을 선사했다. 한국인들에게 미사거리로 알려진 '호시어레인'은 극 중 소지섭과 임수정이 앉아 있던 골목으로 유명한데 수많은 그래티비가 골목 안을 색감의 끝판왕으로 만들어 놓는다. 그리고 골목 맞은 편 독특한 디자인과 색깔의 유리 건물들이 모여 있는 페더레이션 광장과 노랗게 물들어 있는 플린더스 스트리트 역, 그리고 멜버른 도심을 가로지르는 색색의 트램들.

흐린 하늘에 대항하여 사람들은 이 도시를 더욱 색색으로 물들인 것 같았다.

멜버른 외곽에는 유명관광지가 많다. 많은 관광지 중 필립 아일랜드는 지워질 수 없는 경이로운 기억이었다. 필립 아일랜드는 세상에서 가장 작은 펭귄인 페어리 펭귄의 서식지로 호주 바다표범, 왈라비 등 호주 야생동물을 볼 수 있는 섬이다. 이 곳에서 자연 그대로의 아름다움을 느낄 수 있었다. 동물을 무척 좋아하기 때문에 자연 속 동물들을 볼 수 있다는 기대감이 컸다. 특히 이 곳의 하이라이트는 '펭귄 퍼레이드'이다. 먹이를 찾아 바다로 나갔다가 집으로 돌아오는 펭귄무리들을 볼 수 있다. 자연 그대로의 펭귄의 삶을 볼 수 있는 것도 큰 즐거움이지만 가장 놀라운 것은 방문한 사람들이었다. 이 곳에서는 사진촬영이 불가했다. 야생의 펭귄은 사진 플래쉬에 시력을 잃을 수 있기에 방문한 사람들은 펭귄의 모습을 마음에만 담아갔다. 혹시 촬영하는 몰지각한 사람이 나타나면 주위 모든 사람들이 그의 잘못을 지적했다. 자연 그대로의 아름다움을 받아들이고 자연과 함께 살아가는 것. 그 짧은 시간동안 사람이 자연과 함께 하는 법을 배웠다.

9.

혼자 떠난 여행 초반은 즐거웠다. 홀로 떠나온 호주였지만 많은 이들을 만나 함께 할 수 있었다. 시드니생활을 벗어나 진짜 나만의 여행을 떠나고 온전히 나를 느끼며 원하는 대로 움직이며 나의 시간을 즐겼다.

그러나 그 즐거움도 오래 가지 않았다. 2주가 지나고부터는 혼자 보는 그 풍경들이 황홀하게 느껴지지가 않았다. 특히나 일정이 일정을 마무리하고 숙소에 들어왔을 때의 적막한 고독감이 크게 다가왔다. 극복했다고 생각했는데 여전히 난 수동적이었다. 조금은 단단해 졌다고 생각했는데 막상 혼자가 되고 나니 물기 먹은 텅 빈 박스처럼 찌그러졌다. 겉으론 극복해졌다고 생각했지만 아직 내 안을 가득 채우진 못했다. 식당에서 주문할 때를 제외하곤 말을 하지 못했다. 먼저 다가가진 못했고 누구라도 말을 걸어주기를 기다렸다.

그런 고독감을 잊게 해준 몇몇 인연이 있었다.

호주 동부의 작은 도시인 록햄프턴에서는 같이 노숙을 해준 여행자 친구가 기억에 남았다. 그 도시는 단순히 하루 숙박을 위해 간 곳이었다. 그 곳을 중간 방문지로 삼지 않았다면 버스에서 하루 이상을 보냈어야 했다. 워낙 땅이 넓은 호주이다 보니 다른 도시로 가기 위한 버스 안에서의 시간이 너무 길었다. 잠시라도 편하게 자고 다음 버스를 타기 위해 록햄프턴에 있는 게스트하우스를 예약하고 방문했다. 분명 예약을 했고 확인전화까지 마쳤는데 가보니 예약자에 내 이름이 없다고 했다. 심지어 남은 방도 없었다. 다른 게스트하우스 역시 마찬가지였다. 타야 할 버스가 새벽 5시였기에 어쩔 수 없이 버스정류장에서 노숙을 했다. 정류장은 우리나라의 일반 버스정류장이었고 그 도시에서 나를 제외하고 동양인이 전혀 보이지 않았다.

익숙하지 않은 이방인의 모습이 신기했는지 지나가는 사람들마다 말을 걸었다. 취객들 무리도 있었기에 짐을 끌어안고 겁에 질려 있었다. 그러던 중 백인여행자가 다가왔다. 경계하고 있던 나에게 그는 조심스레 다가왔다. 본인도 여행 중인데 게스트하우스에서 당황하고 나가는 내가 걱정되어 왔다고 했다. 편하게 밤을 지낼 수 있었던 그는 불안해 떨던 나를 위해 같이 밤을 보내줬다. 그 덕분에 끔찍했을 그 날은 따뜻함이 가득한 하루가 되었고 다음 날 새벽 우린 각자의 여행지로 떠났다.

누사에서는 열정적인 아일랜드 친구들을 만났다. 누사는 호주인들이 즐겨찾는 휴양지인데 한국인 관광객은 거의 없었다. 누사의 게스트하우스는 어느 곳보다 시끌벅적했다. 각 나라에서 흥이 넘치는 친구들만 온 것 같았다. 그 곳에서도 한국인은 나 뿐이어서 조용히 동네구경을 하고 게스트하우스에서 저녁을 먹었다. 저녁을 먹고 방에 들어가려 하는데 덩치 큰 친구들이 나를 불렀다. 혼자인것 같은데 자기들 술자리에 들어오라고 했다. 나는 술을 못 마신다며 즐거운 저녁 보내라고 하니, 그럼 콜라 마시면서 놀자고 했다. 거절할 이유도 없었고, 우선 같이 놀자는 말이 너무 반가웠다. 누군가와 저녁시간을 같이 보낸 게 너무 오랜만이었다. 그들은 정말 열정적이었다. 무슨 게임인지도 몰랐고 술도 못 마시는데 너무 즐거운 저녁이었다. 우리나라의 아이엠그라운게임과 비슷한 게임을 했는데 경험해본 적 없는 그들의 흥이 너무 즐거웠다. 영화 속 해적들의 술판에 초대된 기분이었다. 그 분위기 속에서 콜라에도 취할 수가 있다는 걸 알게 되었다.

그리고 프레이저 아일랜드에서는 한국인 친구들을 만났다. 프레이저 아일랜드는 세계에서 가장 큰 모래섬이고 호주에서 가장 아름다운 자연을 볼 수 있는 장소라고 생각된다. 1박2일 코스로 많이 가지만 난 당일치기로 방문했다. 섬으로 들어가는 배에서 고래를 만나는 행운까지 있었다. 투어멤버는 20명 남짓이었는데 누가 봐도 한국인인 4명의 친구들이 있었다. 투어를 하면서 계속 그 친구들과 눈이 마주쳤지만 먼저 말을 걸지 못했다. 투어를 마치고 돌아오는 배에서 한 친구가 한국인이냐며 말을 걸어줬다. 그들은 식물학과 대학생들인데 학교과제가 해외에 있는 식물연구라 호주에 왔다고 했다. 식물학과도 처음이고 그런 과제도 신기했다. 오랜만에 만난 한국인이 너무 반가웠다. 다음 행선지가 브리즈번으로 같아 함께 여행을 했다. 그들과 함께 한 브리즈번이라는 도시는 사실 기억에 남지 않았다. 같이 밥 먹고 같이 여행하고 같이 떠드는 것이 좋았다. 참으로 오랜만에 말이 통했던 그 즐거움만이 기억에 남아 있다.

두려움과 외로움 속에서 만났던 그들은 나에게 너무나 큰 친절을 주며 나를 밝음으로 이끌어 주었다. 그들도 먼저 나에게 다가오는 것이 쉽지 않았을 것이다. 용기내어 다가와 준 그들이 있었기에 나의 여행은 즐거운 기억으로만 남으며 마칠 수 있었고 그들의 모습들을 보며 나의 극복 미션이 마무리될 수 있었다.

10.

영화 '러브액츄얼리'는 갈등, 걱정, 불안을 안고 떠난 주인공들이 히드로공항에서 재회하는 모습으로 마무리된다. 주인공들은 서로 이해하고, 타협하고, 사랑하여 각자에게 가장 소중한 사람에게 돌아간다. 새로운 사랑을 만나고, 불완전했던 사이가 친구가 되고, 어긋났던 부부가 서로를 이해해주며 영화는 끝이 난다. 그들 모두는 웃고 있다.

호주생활을 마치고 돌아오는 길은 처음과는 완전 달랐다. 출국심사대에서 직원이 가방에서 마약소지검사요청을 했다. 인종차별로 느껴져 기분이 나빴지만 농담을 나누며 호주생활을 이야기하며 검사를 마치고 비행기에 탑승했다. 돌아올 때도 역시 나리타공항에서 환승을 했다. 꿈쩍지도 못했던 나는 없었다. 8시간의 대기시간동안 나리타공항의 모든 곳을 돌아다녔다. 직원들에게 식당 추천을 받아 우동을 먹었고 면세가게마다 둘러보기에 바빴다. 8시간이라는 시간이 전혀 지루하지 않게 지나갔다.

호주생활 이후 성격이 완전히 바뀌지는 않았다. 여전히 두려움이 많았고 다시 복학한 후 인생 최악의 인간관계를 만들기도 했다. 하지만 8개월의 경험이 없었다면 그 잘못을 인지하지도 못했을 것 같다.

내가 어떤 사람인지, 나는 사람을 어떻게 바라보는지, 어떻게 다가가는지를 그 기간동안 배웠다. 그리고 새로움의 불안함을 이겨 내기 위해서는 관계가 중요하다는 것을 알게 되었다.

소설 '그리스인 조르바'에 다음의 문장이 있다.

'당신 역시 저울 한 벌 가지고 다니는 거 아니오? 매사를 정밀하게 달아보는 버릇 말이오. 자, 젊은 양반, 결정해 버리쇼. 눈 꽉 감고 해버리는거요.'

단돈 백만원을 들고 떠난 호주워킹홀리데이는 인생의 큰 전환점이 되었다. 무지하여 용감했던 그 경험이 내가 몰랐던 나를 발견할 수 있게 했다. 그 무모함은 무한한 긍정으로 다가왔다. '해보니 별거 아니네', '사람 사는 거 다 똑같네'라는 이 진리를 직접 해보지 않았다면 알 수 있었을까? 내 인생의 짧지만 두꺼웠던 이 시기가 걱정 많고 소심한 나에게 결정의 머뭇거림을 없애 주었다.

언젠가부터 힘든 시기가 되면 꼭 호주생각이 나고 꿈에서도 그 곳이 나타난다. 지쳐 있는 나에게 그 때의 추억을 끄집어 내어 힘이 나게 해주는 건지, 해보니 별거 아니었던 극복의 경험을 다시 상기해주는 건지.

조화(造花)

김태진

김태진   허무하고 고독한 이야기를 좋아합니다. 부끄럽지만 자기연민을 혐오해 문학 속의 인물을 대신 하곤 합니다. 비극을 극복하거나 때론 무너지는 이야기들은 마음을 치유하고 깊은 여운을 남기는 것 같습니다. 가장 사랑했던 이야기는 카프카의 '시골 의사'와 헤밍웨이의 '무기여 잘 있거라' 입니다.

사람은 살아가며 발전하기도 혹은 퇴보하기도 하는 법이다. 대부분의 사람은 과거의 자신보다 발전하기를 바라며 끝없는 노력을 하지만 그것이 늘 성공하는 것은 아니다. 때로는 도전 이후 오랜 시간 움츠러들기도 하고 연약해지기도 한다. 돌멩이처럼 발전도 퇴보도 없는 것은 살아 있는 사람의 것은 아니다. 나는 어두운 방 안에 편히 누워 지난 5년이란 시간 동안 쉬고 있다. 차라리 퇴보라도 했으면 좋았을까? 아무런 변화도 없는 삶에 적응했다. 어제도 내일도 없는 안락하고도 영원한 오늘에 자신을 가뒀다. 진짜 시간이 멈췄냐고? 눈부신 휴대폰 화면으로 시간을 보니 그건 아니다. 지금은 오후 1시. 할 것 없는 내가 누워있기엔 딱 좋은 시간이다. 어제도 내일도 없는 이유는 다른 게 아니다. 어제는 오늘과 다를 게 없고. 내일은 오는 것이 두렵기 때문이다.

사실 계속 누워있는 정도로 피곤하지는 않다. 그냥 침대에서 일어나고 싶은 마음이 없을 뿐. 무언가를 이루려는 마음도 나와 함께 누웠다. 반지하이기도 하고 창문 앞의 건물 때문에 채광도 안 좋다. 그런데도 뚫고 들어온 빛은 차곡차곡 쌓아둔 쓰레기더미를 비춘다. 옷더미부터 일회용품 쓰레기들을 봐도 아무 감흥이 없다. 사람은 역시 적응의 동물인 걸까. 여러 가지 의미로 이 쓰레기장에 완벽히 적응했다. 가슴에 돌덩이가 내려앉은 느낌에 한숨을 새어 나온다. 어린 시절 한 남자가 벌레로 변해 가족으로부터 버려지는 이야기를 읽었다. 당시에는 별생각 없었지만, 지금에 와서야 그 이야기를 온전히 이해한 기분이다. 나 역시 사회 어느 곳에서도 쓸모없는 내가 버려지기만을 바랐던 것 같다.

밖에서 간헐적으로 사람들의 목소리가 들려온다. 시시콜콜한 이야기들뿐이지만. 왜인지 모르게 가슴 한구석이 쓰리다. 당신들은 도대체 뭐가 그렇게 행복해서 웃는 것일까. 홧김에 번데기처럼 이불을 뒤집어쓰고 구석으로 돌아누웠다. 이불 밖에는, 방 밖에는 내가 있을 곳이 없다. 집 밖으로 한 발짝만 나가도 온갖 시선이 꽂힌다. 다른 이들은 나에게 관심이 없다고? 알고 있다. 모든 게 피해망상이라는 것을 말이다. 결국에 스스로 가장 큰 상처를 입히는 사람은 언제나 자신이다. 고독과 서러움 그리고 외로움은 가슴의 구멍 속에 침전해 서늘한 분노가 되어 나를 괴롭힌다. 이런 쓸데없는 잡념에 배가 고파오지만 일어나서 무언갈 먹는 것도 귀찮다. 어차피 냉장고에는 아무것도 없다. 어제인가 그저께인가 컵라면을 데워 면만 먹고 국물은 식혀뒀다. 나중에 밥 말아 먹으면 편하니까. 밤바다의 파도처럼 밀려오는 잡념을 한쪽으로 미루고 이불을 걷어 천장을 바라본다. 구정물처럼 더러운 감정이 목 끝까지 차오르는 게 기분 더럽다. 뭐라도 삼켜 차오르는 구정물을 눌러야겠다.

침대 주변에는 쓰레기가 깔려있다. 싱크대로 향하는 길만 빼는 말이다. 싱크대는 미어터지는 출근 버스 같다. 가까이 가면 이상한 누런 냄새가 날 것 같다. 실제로 그런 냄새가 나는지는 확인해보지 않겠다. 식탁도 기가 막히기는 마찬가지다. 기가 막히게 내가 앉는 곳과 접시를 두는 곳만 비었다. 무슨 의식을 치르는 듯 맨손으로 식탁을 한번 쓸어 보이곤 냉장고에서 차가운 라면 국물을 꺼냈다. 식탁을 잘 찾아보니 딱딱하게 굳은 찬밥이 있어 국물에 넣어두고 멍하니 기다리던 그때, 휴대폰에서 전화 소리가 울렸다. 아마 스팸 전화겠거니 하며 확인했으나 수년간 서로 연락 한번 안 한 아버지의 전화임을 확인했다. 순간적으로 시간이 느려지는 듯한 기분에 머리가 멍해진다. 심장이 쿵쿵, 기계적인 소리를 내며 숨이 거칠어진다. 토할 것 같은 기분에 손이 떨린다.

"예"

무성의하면서도 퉁명스럽게 뱉어낸 힘겨운 말, 묘한 긴장감에 손이 축축해진다. 사실, 당신과 내가 다정한 대화를 나눌 만큼의 사이는 아니지 않나. 무슨 용건인지 궁금하면서도 불안하다.

"어, 홍아 언제 한번 집에 안 오나."

마치 이 전화가 아무것도 아니라는 듯, 편안하게 뱉은 그 말에 난 불안함을 느꼈다. 그 이후에 무슨 말이 나올지 예상도 안 된다. 심장 소리가 계속 들려오고 내 손이 떨리는 게 느껴졌다.

"저 요즘 좀 바빠서요. 집에 무슨 일 있습니까."

내색하지 않으려 떨리는 목소리로 작게 말했다.

"아 맞나, 알았다. 뭐 집에 별일 있는 건 아니고. 이번에 현인가 온다는데. 너도 집 나간 지 꽤 됐는데 얼굴 한번은 비춰야지."

도대체 이게 무슨 말인가, 당혹감을 감출 수가 없다. 내가 마지막으로 집에 들른 게 언제인지도 모르겠는데. 내가 알기론 형과 부모님은 활발한 교류를 하는 것으로 알고 있는데. 그동안 나에겐 일언반구도 없다가 갑자기 내게 오냐고 묻는 저의는 무엇인가. 당신은 내가 무얼 하던 관심도, 격려 한번 없었던 사람 아닌가. 아들이 사 온 꽃을 쓰레기통에 버리는 당신과 어울리지 않아.

"일 없어요, 끊을게요."

갑작스러운 감정 변화에 당황스럽다. 방금까지 두려웠던 기분은 순식간에 분노가 되어 차오른다. 손은 여전히 떨리고 숨이 거칠다. 설마 안부를 묻는 걸까 생각했던 게 우습다. 무언가 목이 막힌 듯 거북한 느낌에 밥을 두고 쓰레기들을 밟으며 화장실로 갔다. 불을 켜 지저분하게 물때가 낀 거울을 바라보았다. 끔찍하게 낯선 사람이 긴 머리카락 사이로 나를 보고 있었다. 약 5년이라는 시간 동안 생기를 잃었다. 아무런 희망도 의지도 없는 동태 같은 눈빛이다. 사람을 만날 일이 없는 탓에 수염과 머리카락은 지저분하게 길어졌다. 살집도 야속하게 배에 붙어 예전의 날렵한 모습이 사라져 추레함이 노숙자 못지않다. 서러운 마음에 의미 없이 세수하니 차가운 물이 얼굴을 때려 정신이 번쩍 든다. 여기저기 때가 낀 더러운 세면대에 물이 내려가는 소리를 들으며 고개를 들었다. 미친 사람처럼, 거울 속의 사내를 쳐다보니 도저히 두 눈 뜨고 봐줄 수 없는 몰골에 시선을 돌린다. 세면대에 지저분한 컵이 눈에 들어왔다. 컵에 그려진 멍청한 곰돌이 캐릭터가 시선을 빼앗는다. 어디선가 본 캐릭터다. 분명 전 회사에서 본...

쾅!

머리를 울리는 굉음과 함께 곰돌이 캐릭터와 함께 화장실 풍경이 흔들렸다. 텀블러에 새겨진 곰돌이는 내가 한심하다는 듯 바라보고, 세면대 대신에 사무실 책상 위의 컴퓨터와 서류 등 모든 것이 흔들린다. 정신 차려보니 터질 것 같은 얼굴에 입을 꽉 깨문 본부장이 눈에 들어왔다. 책상에 꽂힌 그의 분노한 주먹이 방금의 굉음을 설명해준다. 시선을 어디 두어야 할지 모르겠다. 난 이 상황을 분명히 기억하고 있다. 그와 눈이 마주쳐 재빨리 고개를 숙여 시선을 피했다. 가슴이 옥죄이는 듯 괴롭고 숨이 턱하고 막혀온다. 실수로 사수의 업무를 산산이 조각낸 기억이 어지럽게 떠오른다. 그때의 기억에 토할 것 같은 중압감에 머리에 쥐가 난 듯 멍해졌다. 지금 당장 여기서 도망치고 싶다. 내앞의 본부장이 뭐라고 하는지도 귀에 안 들어온다. 눈 둘 곳을 찾다가 애꿎은 그의 촌스러운 점박이 넥타이를 봤다.

"뭐 하고 있는 거냐고 대체!"

다시 한번 사무실을 뒤흔드는 불호령이 귀에 번개처럼 꽂혔다. 바짝 엎드리는 개처럼, 용서를 구하는 죄인처럼. 고개를 숙여 땅바닥으로 시선을 고정했다. 반질반질한 구두와 양복을 보니 어색하다. 머리에서 내려온 땀이 눈썹에 맺혀 시야를 흔들고, 귀와 코 내려온 땀에 안경이 미끄러진다. 나는 죽은 사람처럼 애써 이 상황을 외면하고, 태풍같은 지금이 지나가기만을 바랐다. 아, 안돼! 제발, 눈물만은 흘려선

안 돼. 그것만은! 숨을 뱉음과 동시에 회상이 멈췄다. 쥐가 난 듯 어지러운 머리에 피가 돈다. 어느 사이 곰돌이가 아니라 세면대 구멍을 보고 있었다. 토할 것 같은 구토감에 거칠어진 숨을 가다듬고 화장실 밖으로 도망쳤다. 무심한 쓰레기들을 밟으며 침대로 돌아가 앉았다. 거친 숨을 뱉으니 허탈감이 날 뒤덮는다. 서른을 넘긴 지금, 과거 신입사원의 기억이 아직도 날 괴롭힌다는 사실이 날 거 작아지게 한다. 처음 퇴사할 때는 더 좋은 사람들과 더 좋은 직장에서 일할 수 있을 것이라 확신했다. 나도 이렇게 될 거라곤 생각도 못 했다. 만약 그때의 내가 지금의 나를 본다면 어떻게 생각할까.

그 순간 책상 위 휴대폰에 전화가 왔다. 전화를 건 사람은 언제나 나를 지켜줬던 단 한 명의 사람, 어머니셨다. 한심한 내 모습에 잠시 망설였지만, 생각해보니 어머니 목소리를 듣지 못한 지 오래됐다. 퇴사 이후 가끔 연락드리다 최근 몇 년간 내 생일에나 가끔 연락을 주고받았던 것 같다. 자기 모습이 부끄러워 안부 전화조차 두려웠다. 찰나의 시간에 수십번을 고민하다 결국 받았다. 아버지 전화를 받고 나니 생각보다 덜 떨리는 것 같다.

"예 어머니, 오랜만입니다."

떨리지만 아무렇지 않은 듯 인사말을 건넸다. 괜히 걱정시켜드리고 싶진 않다. 풀 죽어있는 것보단 이게 좋다. 막상 뱉어보니 뭉클한 감정에 코끝이 맵다. 막상 대화를 나누니 걱정만큼 힘들지는 않았다. 오히려 한때 오순도순 가족과 함께 있을 때가 그리워졌다. 독립한 이후, 일이 끝나고 자취방으로 들어가면 아무도 없고 추운, 문자 그대로 외톨

이인 기분에 우울해졌던 기억이 떠올랐다.

형이 추천하는 좋은 일자리가 있다며 집에 한 번 들려달라 했다. 듣고 보니 사무직 같은 건 아니고 그냥 경호 알바다. 그나저나 알바랑 집이 무슨 상관인가 싶지만, 아마도 알바를 핑계로 삼아 얼굴 한번 보자는 말이겠지. 솔직히 가고 싶은 마음은 있지만, 가겠다는 말이 목구멍에 걸려 넘지 못한다. 하지만 휴대폰 너머로 어머니의 목소리가 떨렸다. 잠깐의 침묵 속에 알겠다 하고 말을 끝내시는 찰나, 무언가에 홀린 듯, 충동적으로 갈 수 있을 것 같다고 답했다. 그러자 기쁨을 감추지 못하는 어머니의 목소리를 들으며 지금이라도 취소해야 하나 걱정했지만. 순간 내 마음을 눈치 채신 듯 아버지는 아침에 나가 오후에 돌아오신다는 말에 그냥 점심에 밥 먹고 적당히 있다가 돌아가겠다고 말씀드렸다.

어쩌면 오랜 시간 연락을 먼저 드리지 못한 부채감이 문제였을지도 모른다. 내일 아침 일찍 들리겠다고 통화를 끊고나니 손과 등에 땀이 흐르는 게 느껴진다. 오랜만에 사람과 대화를 하고 나서 그런걸까. 적막한 방안에 가만히 있으니 새삼 쓸쓸하다. 외로움은 항상 이렇게 갑작스럽게 찾아온다. 침대에 대충 던져둔 옷을 입을 수는 없다. 적막함을 달래려 내일 입고 나갈 옷을 찾으려 불을 켰다. 어둠에 형체만 보이던 쓰레기장이 눈에 들어온다.

식탁과 화장실 쪽으론 길이 났지만 그 옆으로는 무릎 아래까지 쓰레기더미가 차올랐다. 행거라고 예외는 아니다. 옷걸이에 걸린 옷보다 그 위에 쌓아둔 옷이 훨씬 더 많았다. 겹겹이 쌓인 옷을 양파 벗기듯 하나씩 들어보니 먼지가 날린다. 옷을 걷어낸 마지막에는 점잖은 양복이 옷걸이에 걸려있었다. 먼지가 조금 쌓였지만, 제법 깔끔하게 있었다. 감상에 빠지고 싶진 않다. 비록 한 것도 없지만, 오늘 충분히 지쳤다. 옷더미에서 트레이닝복 하의와 후줄근한 후드티를 꺼냈다. 옷을 입고 화장실 거울 앞에 서보니 나이가 곱절은 되는듯한 차림에 헛웃음이 나온다. 지금 보니 수염이라도 좀 깎아야겠다 싶어 씻으려는데, 문득 스치는 생각에 면도기를 찾으니 날에 녹이 잔뜩 슬었다. 면도날 새것이 있을 리가 없지. 이왕 들어온 거 그냥 씻고 나가야겠다는 생각이 들어 세면대의 샤워기를 잡고 물을 틀었다.

머리에 미지근한 물이 머리에 닿으며 머릿속에 잡념이 피어오른다. 어차피 내일 용돈이나 좀 받을 거 같고, 그걸로 면도날도 사고, 독서실도 다시 끊고 그러면 되겠지. 여기서 본가까지는 지하철 타고 약 1시간 정도니까 새벽에 일어날 필요는 없겠다. 샤워기의 미지근한 물보다 볼이 뜨거워진다. 왜인지도 모르겠다. 문득, 동네에 남아있던 동창들이 떠올랐다. 아직 있을지는 모르겠지만. 몇 년 전까지는 만났었지. 다들 잘 지내려나. 분명 잘 지내겠지. 그렇겠지. 고개를 숙였다. 거울에 누가 붙였을지 모를 촌스러운 스티커가 너무 환하게 웃고 있었다. 이 비좁은 화장실은 고개를 들면 내 모습이 너무 잘 보였다.

친구들은 내가 저버렸다. 길어진 백수 생활을 티 내고 싶진 않았다. 하지만 내가 외면했던 시간만큼 자격지심도 깊어졌다. 친구들이 말없이 밥이나 술을 사주고 직장 얘기를 피해주는 게 처음에는 고마웠지만. 그 자리엔 그런 친구들만 오는 것은 아니었다. 예전부터 내가 잘난 것이 있으면 깎아내리고, 자기가 잘한 것을 내세우며 사람을 좀먹는, 자신의 부족함은 타인을 깎아내림으로써 채우려 하는 사람. 하지만 하루 이틀 본 사람이 아니었기에 난 적응했다고 생각했었다. 사실 내 성격도 만만치 않았으니까. 그러나 그런 착각은 금방 깨졌다. 그날, 퇴직전 받던 월급을 물어보는 그에게 그냥 사실대로 답했다. 어차피 나간회사고 자존심 부려봐야 아무것도 없으니까.

그러자 그는 취했는지 과거에 열심히 공부했던 게 도대체 무슨 의미이냐며 그런 푼돈 받을 거였으면 진작 그만두고 술이나 마시지 그랬냐고 농담을 던졌는데. 평소였으면 그냥 웃어넘겼을 그 말을 난 견뎌내지 못했다. 사실 무례한 말이었지만 내 대응도 만만치 않았다. 난 그의가장 아픈 기억을 꺼내 주었다. 평생 부모에게 인정받지 못해 성격이삐뚤어졌냐 쏘아붙이며 감정을 토해냈다. 그랬으면 안 됐다. 나와 그의 과거는 비슷했고. 학창 시절 서로에게 아픈 과거를 말하며 의지한가장 가까운 내 친구였다. 그 녀석은 갑작스러운 공격에 적잖이 충격을 받는지 이윽고 내 과거를 들춰냈고. 다른 이들은 황급히 우리를말렸지만 터져버린 입은 막을 수가 없었다. 난 평생 다른 사람 깎아내리면서 살라고 외치며 자리에서 일어나 나가버렸다.

이후 다른 친구들의 걱정과 관심을 무시했고, 얼마 지나지 않아 감기에 걸렸다. 그때 감기보다도 치명적이었던 복병은 외로움이었다. 아플 때 주위에 연락할 사람도, 의지할 사람도 없다는 건 형언할 수 없는 쓸쓸함이었다. 굳이 말하자면 장마 속에 홀로 던져진 기분이었다. 하늘에서 내려오는 고독을 피할 수도 막을 수도 없이 온몸으로 견뎌

내야 했다. 열이 좀 내려 휴대폰을 확인하니 아무에게도 연락이 없는 걸 확인하곤 적잖은 충격에 빠졌다. 정말 이젠 연락할 사람조차 없다는 걸 눈으로 확인하니 오히려 속이 후련해졌다. 그렇게 생각했다. 이윽고 화장실에 들릴 리가 없는 울음소리가 메아리처럼 울린다. 시야가 눈물로 가려져 바닥이 흔들리고, 얼굴에 힘이 막 들어가 만약 지금 거울을 본다면 꼴이 참 볼만할 것이다. 없는 자존심을 있는 대로 부려 모든 걸 상실해버린 머저리. 난 친구에게 내 아픔을 투영했다. 친구에게 하는 말은 사실 나에게 하고 싶었던 말이기도 했다. 과거에 사랑받지 못한, 인정받지 못해 다른 사람들을 상처입히는 건 내 모습이기도 했다.

결국 문 앞에 섰다. 한참을 가만히 서서 아무 생각도 하지 않았다. 문고리를 잡고 돌리기만 하면 되는데, 문과 나 사이의 투명한 벽이라도 있는 듯, 앞에 막혀 서늘한 문 앞에 멍청하게 서 있는 것이다. 답답하다. 문 하나 열지 못하는 게 말이나 되는가. 나는 과감하게 문을 돌렸다. 거세게 들어오는 찬바람에 놀랐지만, 막상 나가보니 아무렇지도 않았다. 계단을 타고 올라가니, 텅 빈 도로와 콘크리트 건물을 물들이는 파스텔 새벽빛이 눈에 들어왔다. 오랜만에 보는 여유로운 새벽 풍경에 묘하게 기분이 들뜬다. 옷을 좀 따뜻하게 입을 걸 그랬나. 나는 별생각 없이 지하철역을 향해 걸었다. 역 근처로 가면 갈수록 사람들이 점점 많아졌다. 이 시간에도 하루를 준비하는 수많은 사람을 속에서 비굴함이 묻은 고독감을 느꼈다. 혼자 방 안에 있을 때보다 사람들 속에 섞여 있는 이 순간이 더 외롭고, 속이 답답하다. 눈이 바빠진다. 누군가 추레한 옷차림을 보고선 속으로 흠잡는 게 아닐까. 지저분한 머리는 또 어떤가. 아니, 사실 알고 있다. 어차피 다른 사람들은 나에게 아무런 관심조차 없다.

고개를 푹 숙인 채 걸어가는 저 무채색의 사람들, 저들도 언젠가 다채로운 색을 지닌 희망찬 사람이었겠지. 다 타버린 장작처럼, 자신을 태우고 소모해 색이 다 빠져버린 게 분명하다. 어쩌면 그들도 속은 나와 크게 다를 것 없을지도 모른다. 주머니 속은 나보다 좋겠지만. 지루한 지하철을 지나, 가게 몇개 빼면 무엇하나 바뀌지 않은 구질구질한 동네를 빠르게 지나 집앞까지 도착했다. 혹여 아버지나 친구들과 마주칠까봐 두려웠다. 무너질것만 같은 붉은 벽돌의 빌라. 공사한 사람이 실수한듯 불규칙적인 높이의 계단이 날 반겼다. 우리집 문 앞에 서니 기분이 이상하다. 무언가 어색한 느낌이다. 안에서 형과 어머니의 목소리가 들렸다. 마지막으로 집에서 사람 목소리가 들린게 언제였을까. 독립한 이후 자취방에 들어가면 어두컴컴하고 차가운 고독만이 날 기다렸다. 그리운 기억에 잠겨 조심스럽게 초인종을 눌렀다. 이윽고 문이 열렸다. 문 앞에는 주름이 많아진 어머니가 서 계셨다. 머리는 검게 염색하신듯 했지만 5년이라는 시간 동안 그녀는 상상 이상의 세월을 보낸것 같았다. 어쩌면 저 깊게 패인 주름들이 나의 탓일지도 몰랐다. 나는 한껏 웃어보이며 다녀왔다고 말하곤 집안으로 들어갔다. 오래된 집에서 나는 냄새보다도, 달짝지근한 김치찌개 냄새가 풍겼다. 형은 거실에 앉아서 점잖게 인사했다.

마치 우리가 어제도 만났던 것처럼. 아무렇지 않게 대해주었다. 앞으니 형이 조심스럽게 일자리 이야기를 꺼냈다. 어색하게 웃으며 일단 나가겠다고했다. 어차피 뭐 가릴 처지도 아니다. 어머니께서는 아무렇지 않게 아버지가 나이가 들면서 자주 넘어진다 하셨다. 예전에 열심히 현장에서 일할 때와 달리 은퇴하고 집에서 앉아만 있어서 다리에 힘도 없고. 건망증도 심해졌다고하는데. 심지어 여성호르몬이 많이 나와 자신보다도 감수성이 풍부해진것 같다며 너스레를 떠셨다. 오늘 갑자기 산에 나간다 그랬나. 나는 헛기침을 하며 아까 말했던 일로 이야기를 돌렸다.

아버지라는 주제는 내게 너무 불편한 단어였다. 자신의 맘에 들지 않으면 소리를 지르고 형과 나를 때리는가 하면. 술에 취한날에 화가 나면 손으로 잡을 수 있는 모든걸 던졌다. 술에서 깨면 언제 그랬냐는 듯 미안하다 입버릇처럼 말했지만. 꼭 그것이 아니더라도 그가 행하는 사랑의 방식은 무척 삐뚤어져 있었다. 착실한 형에게는 무한한 사랑을 주면서도 나에게는 늘 엄격했다. 물론 내가 착실하게 산건 아니 었지만. 아버지가 가끔 술에 취해 무능력한 자신에 대한 불만으로 난동을 피우고나면 형은 눈치를 보다 어머니를 곁으로 와 꼭 안아드렸다. 어릴 적에는 형의 이런 모습도 싫었다. 어쩌면 그녀를 지켜주지 못했던 내 모습을 그에게 투영한 것일지도 모르는 일이지만. 그때는 그냥 모든 것이 밉고 증오스러웠다. 좁아터져서 가족이 모두 함께 있기도 힘든 집구석도 싫었고. 아무것도 하지 않은 채로 똑같은 내일을 기다리는 우리도 증오스러웠다. 보통의 사람들이라면 이것을 이겨내고 더 나은 내일을 살았겠지만 나는 그러지 못했다. 스스로에 대한 기대에, 부모님의 기대를 이겨내지 못했다. 나에게 화를 내던 아버지는 결국 화를 내는 것을 포기했고. 나 역시 나를 포기했다.

집안 사정이 어려워지며 아버지는 바뀌셨다. 인정하긴 죽어도 싫지만 가정에 닥친 문제를 어머니와 함께 슬기롭게 해결해냈다. 갑작스러운 할아버지의 부고로 인해 당신의 명의에 얹혀살던 우리는 졸지에 친척들에게 집을 뺏겨 거리로 쫓겨날 것이었다. 막내였던 아버지는 얼마 되지도 않는 유산 대부분과, 집값에 일부에 달하는 금액을 주고 이 집에 대한 소유권을 가지는 걸로 이야기를 마쳤다. 그는 닥치는 대로 일을 시작했고, 때로는 집에 자주 들어오지 못했다. 조부모님 생전에는 명절 때 가끔이라도 오던 사람들이 이 이후로는 한 번도 찾아오질 않았다. 친척 중 누구도 이 별 볼 일 없는 집에 발붙이지 않았다.

어느덧 형과 어머니께서 상을 차려주셨다. 내가 오는 걸 정말 손꼽아 기다리셨는지. 상 위에는 진수성찬의 반찬과 코를 자극하는 김치찌개가 올려져 있다. 약간 들뜬 분위기에 허겁지겁 입에 넣었다. 밥을 먹느라 말도 못 했다. 많이 먹는 모습이 기특하신 걸까. 어머니에 얼굴에 밝은 꽃이 폈다. 한 톨도 남기지 않고 든든하게 먹으니 간만에 사람처럼 먹은 느낌이다. 어떻게든 설거지만큼은 해야겠다 싶어 날 뜯어말리시는 어머니를 뒤로 식기를 옮겼다. 어느 사이 키가 이렇게 커버린 걸까. 싱크대가 너무 낮아 허리가 아프다.

어느덧 형이 내 옆으로 와 거품을 닦아줬다. 서로 아무 말도 하지 않았다. 형은 원래 말이 많은 편도 아니고 표현을 많이 하는 편도 아니니까. 형의 그런 부분은 아버지와 닮았다. 내 자존심을 다치지 않게 하면서 도와주고 싶어 하는 게 아닐까. 일자리를 주선한 것도. 결국 여기로 날 부른 것도 형이니까 말이다. 음식물 봉투에는 미나리인지 뭔지 줄기가 꽂혀있다. 아마 썩어서 버리셨겠지. 앙상하지만 길게 뻗은 그것은 음식물 봉투와는 전혀 어울리지 않았다. 내 시선은 거기에 박혀버렸다. 노란 봉투에 꽂힌 비참한 줄기. 그것은 내 가슴 속 깊이 묻어둔 기억에 뿌리를 내렸다. 이윽고 가장 떠올리고 싶지 않은 기억이 붉은 꽃을 피웠다. 그날은 어버이날이었다. 시커먼 쓰레기 봉지에는 초록색의 기다란 줄기가 뻗어있었다. 카네이션이었다. 그게 쓰레기 틈바구니에 꽂히게 된 일은. 아버지의 직장 동료가 집에 놀러오시면서 시작됐다.

언젠가 아버지는 퇴근하면서 동기를 집에 데려왔다. 온화해 보이는 그의 인상은 아버지와는 정말 달랐다. 물론 언행도 말이다. 그는 우리 집에서 아이들 자랑을 하다가도 우리 가족의 눈치를 보며 말을 아끼곤 했다. 아버지는 우리가 그를 대하는 태도에 자극받으신 듯 했다. 폭력적인 모습을 스스로 줄여나갔고. 늘 형의 옷을 물려받던 나에게 새 옷을 사 왔다며 주곤 했다. 입고싶지도 않았지만. 우습게도 몸에 맞지도 않았다. 그래도 그 옷은 잠시나마 화목한 가정을 이룰 수 있을지도 모른다는 생각을 들게 했다. 물론 내 생각은 아니었고. 어머니와 형이 그런 말도 안 되는 상상을 했다. 그렇기에 다가오는 어버이날에 어머니께서는 내게 어려운 부탁을 하셨던 거겠지. 아버지에게 카네이션을 한 번 형식적으로 선물하는 게 어떻겠냐는 거였다. 숨이 막혔다. 난 그를 용서한 적 없다. 꽃을 줄 만큼 사이가 좋은 것도 아니었다. 단순히 그가 노력한다는 이유만으로 하고 싶지도 않은 일을 하고 싶진 않았다. 그런 생각이 내 머리를 스칠 때. 어머니의 지쳐버린 눈이 보였다. 빛바랜 희망이 그녀의 눈에 담겨있었다. 서로 노력하다 보면 어쩌면 우리도 다른 가족들처럼 행복하게 살 수 있는 거라는 말. 어머니께서는 말의 무게에 짓눌리신 듯 내 눈치를 살피셨다. 사실은 알고 있었다. 인정하기 싫지만, 아버지께서 노력하는 중이라는걸. 그게 싫었던 거였다. 한마디의 사과도 없이 갑작스럽게 변해버렸으면서 나에게 무언의 압박을 주는 것 같았다. 마치 이제 나만 노력하면 될 것 같은 미묘한 분위기가 내 숨을 막았다. 좋은 부자 관계라니. 우리에겐 너무나 어색한 말이었다. 하지만 어머니의 애처로운 눈을 외면하고 싶지도 않았다. 나는 애써 그가 나에게 맞지 않는 옷을 선물했으니. 그에게 어울리지 않는 꽃을 주는 것이라며 자신을 설득해야 했다.

결국 어버이날이 왔다. 난 정신 사납게 집안을 돌아다녔다. 식탁에 올려둔 두 송이의 카네이션, 그중 하나는 그의 것이었다. 주말 물류센터에서 알바하며 받은 돈으로 산 생화였다. 그에게 준다는 게 사실 좀 어색해도 문제가 없지 않나 싶다. 마치 휴전 협정을 체결하려는 장관처럼. 진지한 마음으로 그를 기다렸다. 별생각이 다 들었다. 괜히 교복 소매의 단추를 풀었다 잠갔기를 반복했다. 솔직히 그를 용서하고 싶은 마음은 결국 들지 않았다. 용서할 수 있는 게 아니니까. 어머니의 말을 듣고 나니 어느 사이 정말로 우리가 남들처럼 사이좋고 다정한 가족이 되길 바랐다. 사실 그거면 된 게 아닐까 싶었다. 그러다 보면 언젠가 용서할 날이 오는 게 아닐까 생각했다. 변해가는 그에게 꽃을 주고 암

묵적인 화해를 하고 나면. 퇴근하신 어머니와 학원을 갔다 온 형과 함께 온 가족이 모여 평범한 식사를 하는 상상을 했다. 이윽고 멀리서 발소리가 들리며 그가 집에 도착했다. 문을 열고 들어온 그가 신발을 벗는 동안 말없이 식탁에서 카네이션 한 송이를 가져다 내밀었다.

하지만, 그는 생각할 틈도 없이 신발을 벗다 말고 그것을 낚아채며 말했다.

"넌 돈이 아주 남아돌지?"

그리곤 아무렇지도 않게 신발장 옆의 비닐봉지에 그것을 쑤셔서 넣었다. 꽃을 제대로 바라보지도 않았다. 충동적이고 반사적인 그의 반응에 당황했다. 휴전협정은 무슨, 이 정도면 선전포고 없는 기습공격이었다. 문자 그대로 예상치도 못한 반응이었다. 최근의 행동과는 너무 대비됐고. 이해할 수가 없었다. 순간적으로 그가 손을 드는듯한 움직임에 몸이 굳었다. 내 손은 아직도 그를 향해 뻗어있었다. 어쩌면 이게 재미없는 농담이길 바랐던 것 같다. 그런 내 바람을 무색하게 그는 격양된 얼굴로 소리를 지르며 손가락질했다. 대충 뭐 집안 사정이 어떻고 너는 알바를 할 게 아니라 공부를 형처럼 하라니 뭐니. 솔직히 자세히 들을 만한 상황이 아니었다. 맞질 않으니 공포감이라는 진통제가 사라지며 억울하고 서러운 마음이 차올랐다. 그래도 알바비로 산 것인데. 눈이 뜨거워졌지만 약한 모습을 보이고 싶지 않아 두 눈에 힘을 꽉 줬다. 얼굴이 새빨갛게 달아올라 큰소리로 화를 내는 그를 보며 실소가 튀어나왔다. 난 이런 걸 바란 적이 없었다. 어쩌면 그도 그랬을지도 모르는 일이지만. 더 이상 그런 것들은 중요하지 않았다. 도대체 화를 내는 기준이 무엇인지 짐작조차 안 됐다. 가득 차서 넘치려는 뜨거운 눈물을 감추려 눈을 돌렸다. 비닐봉지에 꽂혀 줄기 끝만 보이는 어색한 카네이션이 눈에 들어왔다.

"대답 안 하냐고 묻잖아."

그의 말을 무시한 채 대답하기를 거부하자 머리끝까지 화가 난 그는 목소리를 깔고 묵직하고 거친 목소리로 말했다. 다음엔 무거운 말 대신 다른 게 날아올지도 모르는 일이었다. 기어들어 가는 목소리로 떨며 말했다.

"잘나셨습니다. 비켜요 나가게."

바닥에 널브러진 조리를 대충 신고 재빨리 밖으로 도망갔다. 집 근처의 언덕을 숨이 터질 듯 올랐다. 신발이 하필 이거라 자꾸 벗겨지고 발목이 꺾였고, 동네 사람들이 다 쳐다봤지만, 모르는 척 미친 듯이 뛰어올랐다. 터져 나오는 울음소리 대신에 숨을 크게 골랐다. 우리는 왜 이 모양인가. 뭘 바랐는지도 모르겠다. 도대체 이해를 할 수가 없다. 이윽고 근처에서 꽤 높은 곳까지 올라갔다. 허벅지가 타는듯한 느낌이 들며 이윽고 가슴이 터질 것 같은 기분에 가로등을 잡고 속으로 소리를 질렀다. 하필 또 풍경은 왜 이렇게 좋은 것인지 황금으로 물든 태양빛이 구름과 동네를 물들였다. 다른 사람이 보면 난 이 절경에 감동한 10대 문학 소년이었을 텐데. 그와 내 사이는, 돌이키기엔 너무 늦은 게 아니었을까. 그래, 어쩌면 내 탓인 셈이다.

시간이 늦어 집에 돌아가니 식탁의 꽃병엔 카네이션이 두 송이 꽂혀 있었다. 형은 속옷을 사드린 듯 했다. 어머니와 난 서로 아무 말도 하

지 않았다. 나만큼이나 그녀도 아팠을 것이기에. 이후 그와 나는 사사
건건 부딪쳤다.

설거지를 끝내고 다시 셋이 앉아 지나간 추억을 이야기했다. 형은
여자친구를 만나고 있다고 했다. 결혼은 아직 고민 중이라는데 어머니
께서는 걱정이 많으신 듯 결혼 언제 할 거냐고 들들 볶으신다. 밥을 먹
고 나니 따뜻한 분위기에 잠이 올 것만 같다.

순간 현관 쪽에서 누군가 들어오는 소리가 들렸다. 설마 형과 어머
니가 날 속인 걸까 싶은 마음에 형을 봤지만. 형도 나를 보고 있었다.
아니면 어머니가? 그것도 아닌 것 같다. 어머니도 누가 왔나? 하시면
서 현관 쪽을 봤으니까. 어머니께서 일어나 미닫이문을 열자. 초대받
지 못 한 사람이 눈에 들어왔다. 흰머리에 근육이 전부 빠져버려 앙상
한 다리를 가진 노인. 아버지셨다. 충격적인 모습이었다. 5년 전에도
새치는 있었고 허벅지도 얇아지셨지만. 이렇게까지 노쇠하진 않으셨
다. 방안의 아무도 소리 내지 않았다. 아니 낼 수 없었다. 아버지는 문
에 걸려있던 쓰레기 봉지를 뒤지고 계셨다. 그러더니 쓰레기들을 바닥
에 엎는 기행을 저지르고 있었기 때문이다. 어안이 벙벙했다. 눈에 들
어온 장면을 머리가 받아들이지 못했다. 그는 고개를 숙인 채 바닥을
보며 '여기 있을 텐데'라고 중얼거렸다. 바닥을 물끄러미 바라보다 이
윽고 그가 고개를 들어 우리를 봤다.

그러더니 질색하며 소리를 질렀다. 그는 모르는 사람이 집에 있다
며 어눌하게 어머니에게 소리치며 집안에 신발도 벗지 않은 채 황급히
들어오더니. 자기 몸을 가누지 못하고 넘어졌다. 형과 어머니께서는

그를 부축해 진정시켜 병원에 데려가야 했다. 그는 자신이 어떤 상태
인지, 나와 형이 누구인지 인지하지 못했다. 심지어 치매를 의심하는
우리를 미친 사람들로 욕했다. 병원에 도착해서도 자신의 상태를 완
강히 부인했다. 그러다 침대에 기대어 앉아 멍하니 벽을 응시하고 있
었다. 의사는 혈관성 치매가 의심된다고 했다. 그제야 아버지가 집에
서 했던 일을 이해할 수 있었다. 그는 집에서 앙상한 손으로 쓰레기통
에서 잃어버린 기회를 찾고 있었다. 자신이 스스로 떠나보냈던 과거를
그리고 가족의 소망을 다시 잡으려 했다. 오랜 시간이 지나버려 그곳
엔 아무것도 없었다. 나는 그제야 과거 병에 꽂혀있던 카네이션은 그
가 직접 꽂은 것이라 어렴풋이 깨달았다. 그는 과거에 갇힌 채로 떠나
보낸 붉은 꽃을 찾아 헤맸다. 그게 뭐 어떻다는 것인가. 현재 그의 기
억 속에서 그것은 영원히 버림받은 채로 비참하게 쓰레기 속에 꽂혀있
어질 터였다. 그는 우리를 내버려 두곤 홀로 시간여행을 떠나버렸다.
나는 기가 막혀 원망하듯 쏘아붙였다. 자기가 버린 걸 꽃을 왜 찾으려
드냐고 툭 뱉었다. 내 쪽을 쳐다보지도 않은 채로. 그는 새하얀 벽을
응시하다가 툴툴거리며 뱉었다.

"내가 버렸으니까 내가 찾는 거지 무슨…"말문이 막혔다. 가슴이 먹
먹하고 속에서 천불이 났다. 과거에 힘이 센 장사 같은 그는 세월 앞에
서 무력해졌다. 마치 그 모습이 내게 시위하는 것만 같았다. '난 늙고
병들었고 사실은 옛날부터 너에게 행한 일을 미안하게 생각했다. 그러
니까 날 미워하지 말아달라.' 이런 말도 안 되는 일은 절대 용납할 수
없었다.

"아니 그럴 거면 왜 버리셨습니까. 이해가 안 돼서 그래요."

"아빠는 화목한 가정이 부러웠던 거 아닙니까? 도대체 왜 그랬던 건지. 대답 좀 해보세요."

화가 난 듯 서러운 듯 뱉어낸 말이 늙고 힘없는 그에게 박혔다. 주변의 시선이 따가웠다. 그는 침묵을 지켰다. 형이 다가와 나를 붙잡더니 내보내려고 했다. 어머니는 소리 없이 울고 계셨다. 형에게 어머니 곁에 있어 달라 말하곤 혼자 밖으로 나가버렸다. 벤치에 앉아서 멍하니 풍경을 바라봤다. 다리가 다친 듯 아프다며 아버지에게 떼쓰는 아이를 봤다. 그는 아이를 번쩍 들더니 어이구 내 새끼 하며 달래고 있었다. 우리도 저렇게 될 수 있던 때가 있었겠지. 그와 나는 같은 자리에 흉터가 있었다. 이제야 그의 흉터가 보였다. 그는 딱지를 떼어내어 스스로 후벼파고 있었다. 비참한 마음이 들었다. 그는 아물길 없는 상처를 후벼파고 있었다. 알 수 없는 감정이 복받쳤다. 찾으면 무엇이 바뀌기라도 한단 말인가. 설령 꽃을 되찾았다고 해도. 현실에서 당신과 나의 관계는 결국 이렇게 됐는데. 스스로 망쳐버린 기회를 다시금 잡으려 드는 그가 지독하게 미웠고. 그것이 헛된 시도라는 걸 아는 내가 너무 비참하게 느껴졌다. 과거의 내가 이 사실을 알았으면 우리 관계가 이렇게까지 멀어졌을까.

깊은 한숨이 새어 나왔다. 하지만 바뀌는 건 없었다. 과거에 내가 알았다고 해도 우리 관계는 달라지지 않았을지도 모르고. 설령 달라졌다고 해도 현재에 사는 우리의 관계는 그렇게 될 순 없는 것이었다. 너무 많은 기회를 저버렸다. 현재에 사는 나와 과거의 사는 당신은 화해가

가능한 걸까. 아니 어쩌면 나도 과거 속에 살고 있었는지도 모르겠다. 지나버린 흉터와 실패에 얽매여 성장을 멈춰버린 나. 어쩌면 나도 꽃을 빼앗긴 그때 멈춰있을지도 몰랐다. 과거에 머무르고 있는 건 아버지뿐만이 아닐지도 몰랐다. 하늘은 구름 한 점 없이 푸른색이었다. 따사로운 태양 빛이 내려 머리가 뜨겁다. 형에게 전화해서 먼저 집에 가겠다고 알렸다. 일은 나가기로 했다. 형은 다음에 병문안 같이 가자고 했다. 나는 대답하지 않았다. 터덜터덜 집으로 돌아와 문을 열었다. 새삼스럽게 올라오는 냄새가 역겹다. 아무것도 바뀌지 않는 나도 이 방도 혐오스럽다. 안으로 들어가지도 못한 채 쓰레기 더미로 가득 찬 방 안을 초연하게 바라보았다.

현재 내가 도와야 할 사람은 아버지가 아니었다. 누구보다 먼저 구해줘야 할 사람이 있었다. 그가 과거에서 도망가지 못하고 머물듯이 그곳에 멈춰있는 사람. 나는 지금까지 과거로부터 늘 도망만 쳐왔다. 스스로에 대한 불신과 불만으로 가시를 세웠고. 일도 내팽개치고 소중한 친구들과 가족들을 외면했다. 결국 모두를 밀쳐내고 홀로 남아 이곳에 갇혀야만 했다. 그 원인이 누구고 어디에서 왔건 간에 지금이라도 해결하지 못하면 내일도 모레도 이 쓰레기들 틈바구니에서 살 것이다. 내년에도 변함없이 이딴 곳에 살고 있으리라 생각하니 문득 겁이 났다. 이렇게 언제까지 살 수 있을까. 아버지 다음에는 누굴 인 걸까. 자기 삶도 지켜내지 못하는 내가 뭘 할 수 있을까.

지금이 아니면 안 되겠다는 생각에 밖으로 나가서 쓰레기봉투를 잔뜩 사 왔다. 입구에서부터 하나씩 담기 시작했다. 악취가 열어둔 문에서 새어 나왔다. 불을 켜고 바닥부터 선반 위에 놓인 정체불명의 쓰레기들을 확인하지도 않고 그냥 봉투 속에 쑤셔서 넣었다. 다 버려버리고 싶었다. 치워도 치워도 끊임없이 나왔다. 쓰레기 산은 5년간의 업보였다. 땀이 눈을 가리고 얼굴을 가로질러 바닥에 떨어졌다. 쌓인 쓰레기들은 끊임없이 나왔다. 치워야 할 것은 비단 이것들만이 아니었다.

오랜 시간 외면해왔던 가슴 속 앙금들도 책임지고 치워야 했다. 아버지는 도대체 무엇을 하고 싶었던 걸까. 오랜만에 뵌 노쇠한 아버지는 너무나 충격적인 모습이었다. 몸도 마음도 쇠약한 것이 직관적으로 보였다. 얼굴 한쪽은 주저앉고. 팔다리는 앙상하게 말라버린 그 모습이 머리속을 떠나가지 않는다. 한평생 아버지의 행동을 용서할 수는 없을 것이다. 그 때문에 그에게 제대로 된 사과받고 싶었다. 과거로 떠나버린 그처럼 나도 시점을 맞추고 싶어졌다. 다시 한번 그때로 돌아가 버려진 꽃을 다시 손에 쥐고 싶었다. 아버지를 위해서가 아니라 나를 위해서. 같은 자리에 상처가 난 우리가 서로를 위해 협력한다면 그것으로도 괜찮은 게 아닐까. 솔직히 자신이 없다. 그에게 꽃을 건네는 장면을 상상하는 것만으로 자괴감이 든다. 이게 맞는 일인지도 모르겠다. 하지만 어쩌면 그건 상관없을지도 모른다. 이 쌓여있는 쓰레기들을 모두 치우다 보면 알게 될 것 같다는 생각이 들었다. 어느덧 저녁이 되었다. 방이 좀 넓어졌지만. 아직 치울 게 좀 남았고 설거지랑 빨래도 해야 하고 화장실도 치워야 한다. 하게 쌓였지만 내일 하루종일 청소하면 다 끝날 것이다. 온몸에 피로가 몰려와 씻고 침대에 누워 휴대폰을 봤다.

어머니의 문자가 와 있었다.

간만에 봤는데 이런 일이 있어 마음이 아프구나. 네가 와줬으면 좋겠지만 힘들다면 병문안은 꼭 오지 않아도 괜찮아. 네가 어떤 선택해도 실망하지 않을게. 하지만 알바는 꼭 했으면 좋겠어. 힘든 일이 있으면 언제든 집으로 돌아와서 밥이나 먹자. 아버지 돌보러 가느라 종종 없을 수도 있으니 먼저 연락해다오. 항상 널 기다릴게.

누구보다 놀라셨을 태지만 덤덤하게 답장을 주셨다. 손으로 눈을 가렸다. 누워있는 게 죄책감이 든다. 이미 누운 걸 어떻게 하겠는가. 치우다 말아버린 생각들을 다시 정리하기 시작했다. 기억 속으로 여행을 떠나 아버지가 꽃을 찾고 있을 때로 도착했다. 직접 찾는 걸 보지는 못했지만 상관없다. 어차피 지금 내가 구해야 할 사람은 그가 아니니까.

내일이 무서웠다. 지금도 그렇지만 전과는 다르게 내일 해야만 하는 일들이 생겼다. 방 정리부터 시작해서 알바도 나가야 하고. 일당으로 뭘 해야 할까. 일단 어머니에게 옷이나 한 벌 사다 드릴까. 다시 일을 시작하고 싶은데. 무엇부터 해야 할지도 모르겠다. 다만 이 더러운 방과 케케묵은 생각을 정리하다 보면 하고 싶었던 일들을 떠올릴 수 있을 것이란 생각이 든다. 오늘 하루는 정말 피곤했다. 간만에 밖에 나가서 가족들도 보고. 물론 좋은 일만 있지는 않았지만. 사실 좀 충격적이었다. 그래도 자야 하니까 떠올리지 말자 괜히 머리만 아프니까. 청소를 해본 게 얼마 만이지?아니 생각해보니 식탁 위에 올려둔 라면 국물도 안 치웠네. 헛웃음이 나오지만, 내일 미루지는 않을 것이라는 확신에 자도 괜찮을 것 같다. 하고 싶은 일이 생길 거니까.

　좀 작아보이지만 말끔히 차려입은 양복. 보기 좋게 정리된 머리카락. 거울에 비친 방안은 꽤 정돈된 모습이다. 한껏 멋 부리려 거울 앞에서 있지도 않은 어깨의 먼지를 털어낸다. 어느덧 경호 알바를 나간 지 한 달이 지났다. 요즘은 일당으로 독서실을 끊어 공부를 시작했다. 상담사를 준비하고 있는데 잘 될지는 모르겠다. 오늘 출근 준비하는 건 아니고. 어머니와 형이랑 같이 병문안을 간다. 책상 위에 새빨간 조화를 하나 뒀다. 누군가를 주려는 건 아니다. 저 꽃은 온전히 나의 것이니까. 아직 아버지를 용서할 마음은 없다. 하지만 나는 그 기억에서 벗어났다. 그가 언젠가 스스로 그곳에서 나와 나에게 용서를 구하는 날에. 영원히 시들지도 색이 바래지도 않을 조화를 사서 주려고 한다. 그날이 올지는 모르겠지만. 사실 그게 중요한 건 아니다. 나는 가족이 기다리는 곳으로 갈 준비가 됐으니까. 동네 가는 김에 친구들한테 전화했다. 혹시 받으면 술이나 사줘야겠다. 사과할 것도 있고 하니까. 뭐 받을지는 모르겠지만 마음이 중요한 법이지. 문을 열고 계단을 올라 밖으로 나갔다. 바다처럼 새파란 하늘에 거품처럼 새하얀 구름이 둥둥 떠다닌다. 휴대폰에선 여름을 알리는 청량한 소리가 들려오고. 상쾌한 바람에 숨을 크게 들이마시곤 길을 간다.

나비 효과

보리꽁

보리꽁 한 권의 책을 읽는다는 것은 또 한 명의 친구가 생기는 거라는 생각이 들었습니다. 글을 읽다 보면 작가의 말투까지 귀에 들려올 때가 있습니다. 이야기에 빠져들어 맞장구를 치며 격하게 호응할 때도 있지요. 마치 내 앞에 있는 마음이 잘 맞는 친구를 대할 때처럼 말이죠. 어떨 때는 그런 작가가 몇십 년 전에 이미 죽은 사람이라는 걸 알고 놀랄 때도 있습니다. 하지만 우리 사이에 제약은 없습니다. 시공간을 넘어 친구가 되고, 생각을 나눌 수 있지요. 그것이 책을 읽는 즐거움이자 또 하나의 매력인 것 같습니다. 저와도 그런 친구가 되어 보지 않겠습니까?

흩날리던 눈이 고속도로에 들어서자 폭설로 바뀌었다. 갑작스러운 기상이변에 제설차들은 준비되어 있지 않았다. 녹지 않은 눈에 새로운 눈이 계속 쌓이니 도로는 금세 빙판길이 되어갔다. 유리창으로 내리붓는 눈은 시속 100키로를 달리는 차의 와이퍼로는 깨끗이 지우기에 역부족이다. 히터 바람으로 차 안의 온도가 올라가자 앞 유리에 하얗게 성애가 같이 올라오기 시작했다. 거기에 어둠까지 깔리기 시작하니 시야는 더욱 좁아졌다. 히터를 꺼버리고 비상 깜빡이를 눌러 내 차가 달리고 있다는 인식표를 들었다. 습관적으로 한 손으로 잡는 핸들 위에 반대편 손을 올려 잡았다. 힘주어 두 손으로 잡고 가는데도 가볍게 휘청거린다. 어깨까지 힘이 들어갔다. 엄마와의 약속을 지켜야 한다는 생각에 마음은 초조해지기 시작했다. 오늘은 세상을 떠난 삼촌의 3번째 기일이다. 엄마의 동생이자 나의 첫째 삼촌은 살아생전에 가정을 이루지 못했다. 그래서 기일을 챙겨 줄 자식도 없었다. 엄마는 그런 삼촌이 안쓰럽다며 기일마다 조촐하게나마 제삿밥을 올려주었다. 아픔의 세월도 성숙해질 때가 됐건만 아직도 본인을 탓하며, 지나간 3년을 허락하지 않고 있는 것이다.

'내가 조금만 일찍 집에 찾아갔어도, 괜히 죽을 사 간다고 했어.' 집으로 바로 갔으면 살릴 수 있었을 거라는 말을 달고 사셨다. 아직 몸에 온기가 남아있는 삼촌을 처음으로 발견한 엄마에게는 아쉬움이 더욱 컸기에 삼촌을 보러 간 마지막 날 아침은 항상 그 자리에 멈춰있었다. '시간을 돌릴 수 있다' 면이란 간절한 소망과 함께, 미래를 예견하지 못한 자신을 향한 책망은 가슴 한구석을 차지했다.

사람이라면 누구에게나 돌리고 싶은 순간들이 있다. 작은 것에서 큰 것까지 가슴속에 간직한 채 살아간다. 그것이 생명과 직결되어 있다면, 안타까움은 더욱 커질 것이다.

사람을 살리는 일은 사명감이 투철한 누군가에 의해 이루어지거나 직업적으로 선택된 사람만이 바꿀 수 있다고 생각했던 때가 있었다. 죽음 또한 운명의 시간이 다했을 때 자연적으로 소멸하거나, 악마와 손을 잡은 누군가에 의해 이루어진다고. 운명은 정해져 있고, 순환을 유지하기 위한 생명은 나와는 동떨어진 곳에서 보이지 않는 사람들로 인해 분주히 지켜지고, 소멸하기를 반복하고 있다고 말이다. 그날은 엄마에게도 그런 자격이 주어진 날이었을 것이다. 하지만 예고는 없었다. 나에게도 예고 없이 찾아온 그런 날이 아직도 뇌리에 남아있다.

중학교 여름 방학이 2주를 지나가고 있을 때였다. 이글거리는 태양은 낮부터 위에서 우리를 무섭게 노려보고 있었다. 도로의 아스팔트마저도 내리깔리며 서서히 녹아내리고 있던 여름날. 사람들은 무서운 태

양을 피해 집안에 꼭꼭 숨어 들어갔다. 그 무더위에 운명도 심술이 났
는지 정해진 순환을 멈추고, 내가 나오길 문밖에서 조용히 서성거리며
기다렸다.

나는 맥이 풀린 채 방바닥에 누워있었다. 수영장을 못 갈 거 같다는
수경이의 전화를 받은 후였다. 에어컨도 없는 방안에는 습기를 머금은
뜨거운 열기로 가득했고, 선풍기는 그 열기들을 열심히 모아 나에게
날려댔다. 선풍기 옆에는 수영복과 물안경, 모자까지 아직 가방 안에
들어가지 못한 채 가지런히 놓여 있었다.

한참을 바라보고 있다 일어나 거실로 나왔다. 이모는 거실을 단독
으로 차지한 채 누워 TV를 보고 있었다. 나갈 준비를 한다고 들어가서
는 잠옷 차림으로 나오는 내가 이상해 보였는지 수영장은 안가냐고 물
어봤다. 취소됐다고 말하며 시원한 물을 찾아 냉장고로 향했다. 유리
병에 든 보리차를 한 잔 마시며 거실로 걸어가 베란다 창문을 열었다.

"그럼 이모랑 목욕탕이나 가자"

"싫어. 더운 날 무슨 목욕탕이야."

친구에게 뱉지 못했던 짜증을 섞어 이모에게 쏘아댔다. 습기를 머
금은 태양의 열기는 사우나를 연상시켰다. 그 태양은 한 손에 돋보기
를 들고 나만을 향해 비추는 듯했다. 실험실의 개미가 이런 느낌일까
싶었다. 정수리를 집중적으로 공격하는 듯 따끔거렸다. 계속 그 자리
에 서 있다가는 머리가 통째로 타들어 갈 것 같았다. 문득 이런 날씨
에는 홀딱 벗고 냉탕에 들어가 있는 게 구원일 수도 있다는 생각이 들
었다.

목욕 가방을 챙겨 밖으로 나오니 더운 열기는 대단했다. 옷을 입고 건식 사우나 안을 걸어 다니는 느낌이었다. 햇빛에 얼굴을 보호하기 위해 썬캡은 썼지만, 가려지지 못한 정수리만은 보호되지 못하고 있었다. 버스 시간이 다 돼갔다. 동네 버스는 30분 간격으로 다녔지만, 시간을 정확히 맞추는 버스가 거의 없어서, 30분은 20분이 될 때도 있었고, 그로 인해 30분이 40분으로 길어지는 경우도 있었다. 정거장 쪽으로 걸어가고 있을 때 멀리서 버스가 오는 게 보였다. 우리는 있는 힘껏 뛰기 시작했다. 정거장에 거의 다다랐을 때, 야속한 버스는 서지 않고 지나가 버렸다. 기사 아저씨들은 시야가 좁은 게 분명했다. 한결같이 정거장 팻말만 주시한 채 '사람 없음' 통과였다. 그래서 그날은 40분이 되어버렸다. 그 와중에도 돋보기는 열심히 내 정수리를 쪼아대고 있었다. 서서히 몸에 비축되던 열기는 한 번에 폭발하듯 사방으로 땀을 뿜어대기 시작했다. 팔다리를 흔들며 열심히 뛰었으니 과부하가 걸린 것이다. 방금 입고 나온 옷은 순식간에 땀으로 젖어 들었다. 스며들지 못한 땀은 겉돌며 목과 등줄기를 타고 흘러내렸다. 여기서 40분을 기다리는 건 죽음이었다. 그 생각을 하던 중 이모가 손을 들어 택시를 잡았다. 타자마자 시원한 에어컨 바람이 젖은 옷에 닿자 등줄기까지 오싹해지는 듯했다. 순식간에 열기는 내려가며 평온을 되찾았다. 택시는 신천목욕탕 입구 앞에서 우리를 내려 주었다.

여탕 탈의실로 들어섰다. 신발장 바로 앞으로 표를 받는 아줌마가 앉아 졸음을 쫓고 있었다. 신발을 들고 오른쪽으로 들어가자 안쪽 벽으로 두면 차지하고 있는 옷장이 보였다. 중간에 위치한 평상 위에는 세신 아줌마가 앉아서 TV를 보고 있었다. 여름의 더운 날씨 때문인지 평소보다 사람들이 없었다. 옷을 벗고 탕의 문을 열고 들어가자 습기를 흠뻑 머금고 있던 열기가 느껴졌다. 숨을 들이마시자 콧속으로 온천의 유황 냄새와 미세하게 남아있는 왁스 냄새가 났다. 하얀 수증기가 맨몸에 닿았다. 따뜻한 습기가 온몸을 천천히 이완시켰다. 평상시에는 앉을 자리도 찾기 힘든 곳인데, 그날은 자리가 많이 비었다.

정면으로는 큰 타원형의 온탕이 차지하고 있었고, 돌로 만들어진 두꺼비의 입안에서는 온천물이 흘러나왔다. 온탕을 에워싸고 올라갈 수 있는 난간에는 탕으로 들어갈 때 밟고 올라가는 한 단짜리 계단이 둘려져 있었다. 보통 아줌마들은 샤워부스에 가지 않고 이 계단에 자리를 잡고 앉아서 때를 밀고, 저 뜨거운 온천물을 사정없이 몸에 뿌려댔다. 엄마도 저 자리를 애용하는 편인데, 내가 때를 밀고 있을 때면 예고 없이 바가지로 저 뜨거운 물을 뿌리곤 했다. 그래서 엄마랑은 되도록 목욕탕을 같이 가지 않았다. 아주 어렸을 때는 어른이 되면 뜨거운 감각도 사라지는 줄 알았다. 온탕을 중심으로 오른쪽으로는 앉아서 때를 밀 수 있는 좌식 샤워부스와 입식 샤워부스가 있었고, 세신 아줌마 소유의 세신 침대가 두 개 놓여 있었다. 그리고 반대편 왼쪽에는 내가 들어갈 냉탕이 자리하고 있었다. 목욕탕 안에는 사람들이 스무 명 남짓 있었다. 할머니 몇 분과 아줌마들 그리고 엄마를 따라온 아이들.

이모와 좌식 샤워부스 쪽으로 자리를 잡았다. 그리고 샤워를 빨리 마친 뒤 냉탕으로 직행했다. 물속으로 들어가자, 피부가 순식간에 수축하며 몸속에 남아있는 열기를 몰아냈다.

그때 앞으로 조그만 여자아이가 걸어왔다. 짱구 이마에 머리카락이라고 하기엔 아직 영글지 못한 몇 가닥은 물에 젖어 곱슬기가 한층 심해져 보였다. 동그랗고 커다란 눈에는 머리카락과 대조되게 진한 속눈썹이 집어 놓은 듯 위로 곡선을 그리며 길게 뻗어 있었다.

인형 같다는 말을 이럴 때 쓰는구나 싶어질 정도였다.

"몇 살이야?"

인형이 말을 하는지 듣고 싶었다.

인형은 나를 쳐다보더니 오른쪽 손가락 두 개를 쥐어, 나머지 세 개를 펼쳐 보였다. 그리고는

왼손에 쥐고 있는 진짜 인형을 찬물이 담긴 바가지에 넣어 머리를 감겨줬다. 어른 손바닥만 한 고무 재질에 노랑머리가 허리까지 내려오는 주인을 닮은 인형이었다.

샤워를 마친 이모가 내 쪽으로 걸어왔다 그 여자아이는 진짜 인형을 들고 온탕 쪽으로 걸어갔다. 이모가 탕으로 들어오자 자리를 내주며 벽 쪽으로 이동했다. 우리는 이런저런 얘기를 하고 있었다. 그때 문득 내 눈앞에 무엇인가가 들어왔다. 이모 뒤로 보이는 온탕 안에서 조그만 손이 인형을 잡은 채 수면 아래로 사라지고 있었다. 잘못 본 건가 싶어 다시 눈을 부릅떴다. 그러자 이번에는 인형의 노란 머리만 수면

위로 올라왔다가 순식간에 아래로 사라졌다. 첨벙첨벙하는 물소리도 들리지 않았다. 허우적거림도 없었다. 무언가에 의해 안으로 빨려 들어간다고 하는 게 맞을 것이다.

"이모 저기 아이가 빠진 것 같아. 저기 온탕 안에"

손가락으로 온탕을 가리켰다.

이모는 고개를 돌리는 동시에 소리를 지르며 온탕으로 달려갔고 나도 따라 달려갔다. 이모는 물속에 잠겨 있는 여자아이를 건져내어 품에 안았다. 여자아이는 너무 놀라 울음도 나오지 않는지, 두 손으로 인형을 움켜쥔 채 천장을 향해 눈만 껌벅거리고 있었다. 누가 자신을 아래로 잡아당긴 건지. 그리고 어떻게 들어 올려진 채 모르는 사람 품에 안겨있게 된 건지 모르겠다는 표정으로. 나는 여자아이의 곱슬머리를 천천히 쓸어 넘겨주었다. 손바닥으로 살아있는 생명의 온기가 전해져 왔다. 여자아이가 내 쪽으로 고개를 돌렸다. 큰 눈을 깜빡거리는 여자아이를 향해 이제는 걱정할 것 없다며 고개를 끄덕여 보였다.

때를 밀고 있던 사람들이 몰려들었다. 뒤늦게 여자아이의 엄마가 달려와 애를 받아 들었다. 그리고는 탈의실로 데리고 나갔다. 나는 멍하니 온탕 난간의 계단에 주저앉아버렸다. 다리의 기운이 한 번에 빠져나가는 듯했다. 유리문으로 보이는 탈의실을 바라봤다. 아이의 엄마는 급하게 아이의 옷을 입히고 있었다. 살아서 옷을 입고 있는 여자아이를 재차 확인하자 안도의 한숨이 흘러나왔다. 두 손으로 얼굴에 흘러내린 머리카락을 쓸어올려 뒤로 넘겼다. 그때 눈앞에 계단 난간에 버려진 노랑머리 인형이 보였다. 나에게 신호를 보내줬던 인형의 머리도 물에 젖어 헝클어진 채였다. 본인의 임무를 다 마친 채 그 자리에 쓸쓸히 버려져 있었다.

주변에서 아줌마들의 웅성거림이 시작됐다. 잘못하면 큰일을 쳤을 거라는 말에 옆에 있던 아줌마는 생각만 해도 끔찍하다며 팔뚝에 올라 오는 닭살을 손바닥으로 위아래 쓸어내렸다. 여자아이와 가장 가까이 에서 때를 밀고 있던 온탕 난간 아줌마는 지금 무슨 일이 벌어진 건지 실감이 안 간다는 표정으로 '세상에나'를 반복했다. 근처에 있으면서 아이가 물에 빠지는 걸 알아채지 못한 자신이 뭐에 홀린 것 같다며 고 개를 좌우로 흔들었다. 그리고 습관처럼 뜨거운 물을 몸에 뿌려댔다. 좌식 샤워부스에서 때를 밀고 있던 아줌마는 무슨 일이 일어났는지, 정확한 내막을 알기 위해 온탕 쪽으로 걸어왔다. 대충 얘기를 듣자 여 자아이의 죽음보다는 엄마의 처신이 못마땅한 듯 문밖의 여자아이의 엄마에게 들릴 정도로 큰 소리로 말하며 혀를 찼다.

"세상에 아이를 구해줬으면, 고맙다는 얘기는 하고 가야지. 쯧쯧."

나는 계단에 버려진 인형을 잡아 들었다. 아무 말 없이 나를 지목한 인형. 지령을 수행했고, 임무는 완수됐다.

"이모. 오늘 택시 타고 오지 않았으면 이 시간에 도착하지 않았을 테고, 그럼 그 아이는 어떻게 됐을까?"

목욕탕을 나서며 얘기하자, 이모는 그런 생각을 왜 하냐며 손사래 를 쳤다. 그리고는 다시 생각만 해도 아찔하다는 듯 어깨를 목에 붙이 며 머리와 함께 세차게 흔들었다. 머릿속으로 떠오르는 장면을 털어내려 하는 것 같았다.

　냉면집 문을 열고 들어서자 에어컨의 찬바람이 식당 안을 가득 채우고 있었다. 생각보다 사람들이 많았다. 다행히 안쪽에 자리가 비었다. 우리는 살얼음이 가득한 냉면 두 그릇을 받아 말끔히 해치웠다. 찬 공기와 함께 이제는 속까지 얼얼해지는 듯했다.

　문을 열고 밖으로 나오자 다시 뜨거운 땡볕이 기다리고 있었다. 숨이 턱까지 차올랐다. 몸 안에 가득 채워놓은 살얼음이 빠르게 녹기 시작했다.

　버스 정거장을 향해 걸어갔다. 그때 눈앞에 집으로 가는 버스가 도착하는 게 보였다. 사람들은 줄을 지어 앞문으로 올라타고 있었다. 우리는 전속력으로 뛰었다. 마지막 사람이 앞문을 통과하는 순간과 동시에 문이 닫혔다. 나는 출발하려는 버스의 앞문을 두드려 세워 기어코 올라탔다. 미안한 마음에 죄송하다고 인사를 했다. 기사 아저씨는 내 목소리가 들리지 않는지 대답도 하지 않은 채 앞으로 고개를 돌리며 버스를 급하게 출발시켰다. 다행히 맨 뒷좌석에 자리가 나서, 우리는 옆자리에 나란히 앉을 수 있었다. 뿌듯한 맘에 이모를 향해 우리 30분을 아꼈다며 웃어 보였다.

　얼마나 지나갔을까? 집 쪽으로 거의 도착하고 있었다. 벨을 눌러야 하는데. 왜 그날따라 넋을 놓고 있었는지 모르겠다. 누군가 누르겠지 생각했던 것도 같다. 이모는 살짝 잠이 들어 있었다. 내리는 사람은 우리 둘밖에 없었고, 그 누군가는 나였다.

정거장에 거의 다다라서 정신을 차린 듯 급하게 벨을 눌렀다. 기사 아저씨는 뒤늦은 신호를 받아 급브레이크를 밟았다. 그래서 일어나 뒷문까지 걸어가던 나는 앞으로 쏠려 넘어질 뻔했다. 간신히 뒷문에 달린 기둥을 부여잡았다. 뒷문이 열리고 첫 계단을 밟는 순간이었다. 버스 뒤쪽에서 펑 하는 소리와 함께 버스가 휘청거렸다. 나도 버스와 함께 휘청거리며 빠르게 계단을 밟고 땅으로 내려왔다. 그리고 소리가 났던 버스 뒤쪽으로 달려갔다.

그곳엔 빛바랜 파란색 작은 오토바이와 함께 왼쪽으로 누워있는 할아버지가 있었다. 누워있는 할아버지의 머리 주변에서 흘러나오는 붉은 피가 아스팔트 위로 번져가고 있었다. 뜨거운 열기에 녹아내린 아스팔트 냄새와 부서진 오토바이에서 흘러나오는 휘발유 냄새가 그 위를 맴돌고 있었다. 검은 휘발유는 붉은 피와 합쳐지고 있었다. 섬뜩한 색의 조합은 몸속에 있는 면발을 요동치게 했고, 위로 솟구쳐 올라오려 했다. 나는 손을 입으로 갖다 대며 막았다. 그러자 밖으로 나오지 못한 면발들이 속에서 더욱 요동을 쳤다. 뒤를 돌아보자, 이모도 입을 막고 서서 나머지 손을 가슴에 올린 채 요동치는 면발을 두드리며 진정시키고 있었다. 할아버지는 멈춰있는 사진처럼 그 자리에 누워있었다. 죽음의 설정을 잡고 찍은 사진처럼 시간은 멈춰 보였다. 그 멈춤 속에서도 붉은 피는 계속 흘러가고 있었다. 검은 휘발유와 함께.

버스 안의 사람들은 영문도 모른 채 창문을 열고 고개를 내밀어 소리가 났던 보이지 않는 뒤편을 향해 무언가를 찾아내려 하고 있었다.

버스의 뒷부분은 워낙 높아서 앞쪽에서는 보이지 않았다. 할아버지가 따라오던 뒤편에서도 앞의 상황은 보이지 않았을 것이다. 기사 아저씨가 급브레이크를 밟는 모습도, 그 전에 급하게 벨을 누르던 내 모습까지도.

할아버지에게는 피할 시간이 부족했다.

나에게도 할아버지의 모습은 보이지 않았다. 수면 위로 올라와 신호를 보내주던 인형이 여기에는 없었다.

고작 30분을 아끼려 한 나로 인해, 할아버지에게 남아있던 시간은 벨 소리와 함께 한순간에 소멸해 버렸다.

사람들이 몰려들기 시작했다. 지나가던 사람들. 그리고 버스 안에 있던 사람들까지도. 그때까지 기사 아저씨는 밖으로 나오지 않고 있었다. 죽음의 공포를 아는 어른. 경험해 본 사람만이 아는 직감이었을 것이다. 안에서 나오지 않고 뭐 하는 거냐며 모여든 사람들의 아우성이 터졌다. 그제야 기사 아저씨는 공포에 질린 채 서서히 버스에서 걸어나왔다. 피를 흘리며 누워있는 할아버지를 바라보고는 눈과 입이 동시에 벌어졌다. 그리고는 눈을 지끈 감아버렸다. 입도 함께. 경직된 어깨를 들어 올리며 떨리고 있는 양손을 맞잡았다. 그 자리의 누구도 응급조치는 하지 않았다. 할아버지의 생사를 확인하기 위해 가까이 다가가는 사람도 없었다. 단지 할아버지를 끼고 주변에 큰 원을 그리고 서서 지켜보고만 있을 뿐이었다. 할아버지에게는 암묵적인 사망 선고가 내려져 있었다.

나는 큰 원 안에서 뒷걸음질을 치기 시작했다. 그리고 가슴 위를 열심히 두드리고 있는 이모의 손을 잡아끌었다. 그 자리를 도망치고 싶어졌다. 옆으로 누워있는 할아버지가 고개를 들어 나를 지목할 것만 같았다.

발길을 돌려 집으로 가는 중에 이모는 넋이 나가 보였다. 불안감이 밀려오기 시작했다. 책망을 듣게 될까 봐 두려웠다.

'너 때문이야.'

엄마는 일이 끝나 집에 와 있었다. 이모는 공포를 털어내기 위해 그것을 공유하기로 마음먹은 듯 사고 얘기를 털어내기 시작했다. 그 안에는 진실의 내막은 빠져 있었다. '윤지가 벨을 늦게 눌러서 사고가 났어'라는 말은 없었다.

"어머, 세상에 방앗간 집 최 씨 할아버진가 보네. 파란색 오토바이 맞지?"

엄마는 오래되어 낡은 파란색 오토바이를 타고 다니던 백발의 왜소한 체격의 할아버지를 기억해냈다. 나와 이모는 맞는 것 같다고 했지만, 백발은 붉게 물들어진 뒤였다.

그러고 보니 작은 파란색 오토바이를 타고 지나가던 할아버지의 모습이 기억 속에 있는 것도 같았다. 저장된 기억인지, 상상 속에서 만들어진 기억인지는 알 수 없었다.

진실을 알지 못하는 이모를 대신해 나는 엄마에게 피 흘리며 누워있는 최 씨 할아버지라는 사람의 모습을 상세히 설명하기 시작했다. 엄마는 생각만 해도 속이 울렁거린다고 했다. 이모는 약통에서 청심환을 꺼내서 먹었다. 저녁이 되어 가족들이 모이자, 나는 다시 모두의 궁금증을 해소해주기 시작했다. 주변 사람들의 관심과 이목을 생각하며 이야기하다 보면, 진실은 자연적으로 왜곡된다. 가족들의 머릿속에는 내가 포장한 진실이 저장되고 있었다. 나는 열심히 포장하고 또 포장해 밀봉했다. 그날 이모는 속이 좋지 않다며 밥도 먹지 않고 먼저 방에 들어가 있었다.

중요한 얘기는 빠진 채 그렇게 하루가 지나가고 있었다. 내가 벨을 늦게 눌러서 차는 급정거 하게 됐다. 떠나가는 버스를 잡지 않았다면 할아버지는 죽지 않았을 것이다. 어쩌면 처음부터 목욕탕을 따라나서지 않았다면 말이다. 그렇게 됐다면 아이는 정해진 시간에 죽었을 것이고 할아버지는 살았다. 두 사람의 운명이 나로 인해 바뀌었다. 두 명 다 살릴 수는 없었을까 하는 생각이 나를 더욱 힘들게 만들었다. 시간을 돌리고 싶었다. 하지만 시간은 계속해서 흘러갔다. 밤이 깊어갈수록 감추려고 했던 죄의식은 점점 커져갔다. 누군가의 행동으로 죽음에 이를 수 있다는 것을, 그게 바로 나였다는 것을 알아챘기에. 그날 밤 눈을 감고 잠자리에 든 내 머릿속에는 하루의 동선이 열심히 재생되고 있었다.

무한 반복 그리고 번복.

꿈속에서 나는 정거장에 홀로 서 있었다. 조금 있자 버스가 앞에 멈추어 섰다. 앞문이 열리며 기사 아저씨는 빨리 타라며 손짓했다. 나는 그냥 가라고 손을 내저으며 버스를 보냈다. 조금 있자, 또 다른 버스가 앞에 멈추어 섰다. 앞문이 열리며 똑같은 기사 아저씨가 나타났다. 빨리 타라며 또 재촉했다. 그래도 타지 않았다. 죽어가는 할아버지를 살리기 위해 그 뒤로 오는 버스들도 계속해서 타지 않고 보냈다. 무수히 많은 버스가 그렇게 내 앞을 지나갔다.

다음날 밖에서 최 씨 할아버지가 돌아가셨다는 엄마의 목소리가 들렸다.

현실 속의 버스는 나를 지나쳐 가지 않았다. 버스 안에는 내가 타 있었다. 그리고 벨을 눌렀다. 이불을 박차고 일어나 정거장 쪽으로 달려갔다. 어제의 일이 현실이었는지 다시 한번 눈으로 확인해야만 했다.

도로 위에는 붉은 피와 검은 휘발유가 고스란히 물들어진 채 말라가고 있었다. 그곳에 할아버지는 없었다. 빛바랜 파란색 작은 오토바이도. 단지 할아버지가 누워있었던 모습이 하얀 락카로 뭉뚱그리게 그려져 있었다. 인생의 완주를 끝내고 넘어야 할 하얀 라인은 동그랗게 포개진 채 할아버지를 영원히 그 안에 가둬 놓고 있었다. 시간은 역행하지 못했다. 나에게는 그런 초능력이 없었다.

대학을 들어갈 무렵이었다. '나비 효과'라는 영화가 상영되었다. 잘생긴 남자주인공에 이끌려 들어간 영화관에서 새로운 사실을 알게 되었다. 남자주인공은 내가 간절히 원하던 초능력이 있었다. 과거를 바꿀 수 있는 능력을 가진 것이다. 10대 시절 친하게 지내던 동네 친구들은 그 시절 악몽 같은 큰 사건으로 인해 망가진 인생을 살고 있었다. 그래서 주인공은 자신의 일기장에서 원하는 날짜를 찾아 읽으며, 그 시공간으로 이동해 과거를 바꿨다. 하지만 잘못된 부분을 제대로 바꿔

놓으면 또 다른 부분이 영향을 받아 바뀌며, 계속해서 난항을 겪게 되는 내용이었다. 한 사건으로 다른 사건까지 연속적으로 영향을 받게 된다는 게 무섭기까지 했다. 기시감이 몰려왔다. 영화를 보고 충격을 받은 나는 집으로 돌아오자마자 인터넷을 켰다. 그리고 검색창에 나비 효과를 쳤다.

'어느 한 곳에서 일어난 작은 나비의 날갯짓이 뉴욕에 태풍을 일으킬 수 있다는 이론'

나비 효과였다. 중학교 여름 방학, 태양이 집요하게 돋보기를 비추듯 쫓아다니던 그 날. 나의 날개는 움직였다. 그리고 두 사람의 운명은 바뀌었다.

"어디까지 왔어?"

갑작스러운 폭설을 알게 된 엄마에게 전화가 왔다. 전화를 받아 길이 미끄럽다고, 그래도 30분 안에는 도착할 거 같다고 얘기했다.

"천천히 와. 절대 과속하지 말고. 제사 시간 걱정하지 마. 엄마가 괜히 오라고 했나 봐. 날씨를 미리 확인했어야 했는데. 내 잘못이야. 전화 끊자 위험해"

엄마는 걱정이 담긴 목소리로 자신을 질책하며 다급히 전화를 끊었다.

엄마에게도 있을 이제는 노쇠하고 나약해진 날개가 다시 떨려오

는 것을 느꼈을 것이다. 엄마는 양손으로 꿈틀거리는 날개를 부여잡
았다.

비애

이주영

이주영　마음을 채우는 법을 모른다. 그래서 마음 대신 배를 채운다. 무언가를 씹고 있을 때는 아주 조금 나아지는 것 같다. 하지만 입 안의 음식이 목구멍으로 넘어가는 순간, 다시 마음속 허기가 도진다. 폭식과 단식을 반복하고, 자책과 후회를 거듭한다. 배가 불러 터질 것 같은 느낌을 세상에서 제일 싫어하지만 도저히 먹는 행위를 멈출 수가 없다. 이게 사춘기가 시작될 무렵부터 약 7년 동안 반복된 내 삶이다.

　이야기를 읽고, 보고, 쓰는 것을 즐긴다. '글'로 먹고 살겠다는 꿈 하나만 달랑 가지고 20살이 되자마자 경상남도 마산에서 혼자 서울로 상경했다. 현재 문예창작과에 재학 중이고, '천재가 될 수 없으면 또라이가 되자'가 삶의 모토이다.

instagram: @lee_1001_young,

blog: blog.naver.com/nyoung31337

email: nyoung31337@naver.com

한 사람의 마음에 갑자기 커다란 구멍이 뚫릴 때가 있다. 인간의 삶 속에 존재하는 관계의 끈 중에서도 유난히 두꺼웠던 끈이 툭 끊어지는 순간, 나를 놓아버리는 순간. 그 순간을 사람들은 견뎌내지 못한다. 겉으로는 살아가고 있지만 속으로는 죽어가고 있다. 살면서 누구나 그런 순간을 한 번쯤은 겪어야 한다. 그런데 그 순간이 고작 20살에 찾아온다면 아무것도 모르는 사회 초년생인 나는 어떻게 그 순간을 지나야 하는가.

길을 걷고 있는데 갑자기 눈에서 눈물이 흘렀다. 한 방울의 눈물은 걷잡을 수 없이 불어났다. 얼마나 울었을까, 정신을 차리고 고개를 들어보니 바로 앞 카페의 투명한 유리창에 비친 오열하고 있는 내 모습이 보였다. 그리고 그 뒤로 나를 바라보는 수많은 눈동자도 함께 보였다. 뚱뚱하다는 말로도 다 표현하지 못할 만큼 거대한 여자가 길 한복판에서 갑자기 펑펑 울고 있는 모습은 사람들의 시선을 끌 만했을 것이다. 내게 향하는 사람들의 시선은 뾰족한 화살이 되어 날아왔다. 나를 찔렀다.

그들은 나를 바라보는데, 나는: 누구를 바라봐야 할까.

쭈그려 앉았던 육중한 몸을 겨우 일으켜 다시 길을 걷기 시작했다. 사람들의 시선이 뒤통수에 꽂히는 것 같았다. 동시에 허리에 이상한 느낌이 닿았다. 차가운 공기가 옷이 아닌 피부에 직접적으로 닿는 느낌. 불쾌한 감각. 다시금 뒤통수에 느껴지는 사람들의 시선에 뒤를 돌아보고 싶었지만 그들의 눈을 직접 마주할 용기가 나지 않았다. 옆에 있는 상가 건물 유리창에 비추어 그들을 바라보았다. 길거리를 지나가는 사람들의 시선은 모두 내 허리춤을 향해 있었다. 내게 맞지 않는 작고 짧은 크롭티를 아직까지 입고 있었구나. 그 사이로 내 허리를 징그럽게 감싸고 있던 살덩어리들이 부드럽게 축 늘어진 채로 드러나 있다. 순간 얼굴이 확 달아올랐다. 귓가에 사람들의 수군거리는 목소리가 들려와 거리 쪽으로 고개를 돌려보았다. 지나는 사람들 얼굴을 직접 마주하면 정작 입을 움직이며 말하는 사람은 아무도 없었다. 나는 서둘러 그 자리를 벗어나기 위해 무작정 뛰었다. 사람들의 시선은 이제 더 이상 나를 따라오지 않았지만, 나 자신에게 느끼는 경멸은 떨쳐낼 방법이 없었다. 서둘러 뛰쳐나가는 그 와중에도 내가 나를 보는 시선에는 날이 서려 있었다.

먹는 것을 좋아하지 않는다고 말하면 모두가 놀란 눈으로 나를 바라본다. 그들이 입 밖으로 직접 내뱉지는 않지만 놀란 눈이 어떤 의미를 내포하는지 알고 있다.

네가?

그들의 눈을 이해한다. 누가 봐도 뚱뚱한 여자가 먹는 것을 좋아하

지 않는다는 말을 들으면 나 또한 그들과 똑같은 눈으로 나를 바라볼
것이다. 어렸을 때부터 거절하지 못하는 성격에 남이 주는 건 무조건
다 받아먹어 살집이 있는 편이었지만 고3 때 정점을 찍었다. 고3이니
까 괜찮아, 대학 가면 다 살 빠진다는 말을 그대로 믿고 막 먹었다. 돌
이켜보면 스트레스받는 순간순간마다 무언가를 입에 넣고, 씹고, 삼
키는 행위를 반복하고 있었던 것 같다. 하지만 정말 음식을 먹는 행동
을 좋아하지 않는다. 그냥 무언가 우적우적 씹을 것이 필요했고 그 대
상이 음식일 뿐이었다. 하지만 사람들은 내가 그저 심하게 많이 먹어
서 뚱뚱한 것이라고 단정 짓는다. 그저 내 겉모습만 보고 나를 재단할
뿐이었다. 그렇게 나는 서서히 사람을 만나는 빈도를 줄여나갔고 점점
사회에서 도태되어갔다.

다이어트를 시도해보지 않은 것은 아니었다. 고3이 끝날 무렵, 헬스
장을 등록하고 이번에는 살을 꼭 빼리라 마음먹은 적이 있었다. 나름
커다란 결심을 한 것이었다. 사람들의 시선에서 자유로워지겠다는 결
심을. 하지만 운동을 시작한 그 날, 헬스장 거울에 비친 사람들의 시
선은 차가웠다. 내가 왜 여기 있는지 이해가 안 된다고 말하는 것 같았
다. 하지만 막상 거울이 아닌 정면으로 헬스장에 있는 사람들을 바라
보면 그들은 시선을 거두고 운동을 하기 바빴다. 이중적인 모습. 나는
그런 인간의 속성을 싫어했다.

첫 운동을 하고 집에 돌아온 저녁이었다. 진이 빠져 침대에 풀썩 누
웠다. 그러고는 SNS를 뒤적거리고 있는데 한 개그 프로그램이 휴대폰
화면에 나타났다. 나와 비슷한 체구의 사람이 헬스장에서 운동을 하는

모습을 희화화하고 있는 내용이었다. 러닝머신 위를 쿵쾅쿵쾅 달리면서 땀을 삐질삐질 흘리는 뚱뚱한 개그맨의 모습. 영상이었지만 헬스장처럼 꾸며놓은 무대 바닥에 진동이 울리는 것이 느껴졌다. 헬스장 운동복 중 제일 큰 사이즈도 맞지 않아 옷 사이사이로 삐져나오는 팔뚝살. 내가 봐도 웃겼다. 웃음거리가 되기 충분했다. 나는 개그맨이 오버스러운 악을 쓰며 러닝머신 위를 뛰는 모습을 보면서 실실 작은 웃음을 내뱉었다. 그렇게 한참을 보고 있다가 '댓글 더 보기' 버튼을 눌렀다. 웃기다, 이거 보고 한참을 웃었다는 사람들의 댓글이 댓글창의 대부분을 차지하고 있었다. 댓글들을 읽다가 나는 어느 한 구간에서 멈췄다.

　-진짜 이런 사람이 현실에 있을까?

　그 댓글을 보자 더 웃을 수가 없었다. 내가 저런 사람인가? 댓글을 내릴 때마다 때때로 보이는 다이어트 약품 광고는 나에 대한 더 깊은 생각을 하게 만들었다. 조용히 휴대폰 화면을 껐다. 그리고 부엌으로 가서 냉장고에 있는 콜라를 단숨에 들이켰다. 커다란 트림을 토해내며 생각했다. 내일부터는 운동 못 가겠다.

　내 살은 더 불어났다. 씹어서 삼킬 것이 절실하게 필요했고 내 힘으로 부수다 못해 파괴할 수 있는 것이 필요했다. 결과적으로는 고등학교 졸업을 앞두고 사탕을 씹어먹다 부서진 치아를 2개나 치료해야 했다.

　결국 나는 사람들의 시선에서 자유로워지겠다는 다짐을 이루지 못한 채, 오히려 전보다 더 시선에 얽매인 상태로 대학에 입학했다.

○

본가는 서울인데, 하필 합격한 대학은 지방에 있었다. 결국 나는 집에서 멀리 떨어진 학교 근처 좁은 월세방에서 지내기로 했다. 입학한 지 얼마 지나지 않았지만 나는 학교에서 금방 유명해졌다. 모두가 쉬쉬하고 있었지만 내 유명세를 체감하기까지는 그리 오래 걸리지 않았다. 지나갈 때마다 사람들의 목소리는 항상 나를 따라다녔다.

저 여자가 그 사람이야? 실제로 보니까 들었던 것보다 더 심하다.

그 소리는 필터링 없이 그대로 귀에 들어왔다. 운이 안 좋은 날에는 내 몸에 대한 심한 음담패설이 들리는 날도 있었다.

처음에는 얼굴도 완전히 가리고 가지고 있는 최대한 두꺼운 옷으로 중무장을 한 후에야 나갈 수 있었다. 하지만 그 옷들도 내 육중한 몸뚱어리를 가리기에는 역부족이라는 걸 알기까진 오랜 시간이 걸리지 않았다. 그래서 요즘에는 꼭 나가야 할 일이 아니면 아예 나가지 않는다. 집에서는 점점 퀴퀴한 냄새가 났고 나는 그 곰팡이와 세균 섞인 냄새에 익숙해졌다. 바깥의 봄내음과 꽃향기보다 이 묵은 냄새가 내게 훨씬 더 어울렸다.

그런 내게 학교에서 키 크고 잘생기기로 유명한 남자 선배가 말을 건 사건은 가히 충격적인 일이었다.

"저… 혹시 태희 씨 맞으신가요?"

그 남자가 나를 붙잡아 세우고 10분 후, 우리는 학교 안에 있는 카페에 들어가서 마주 보고 앉아있게 되었다. 나는 내 앞에 앉아있는 남자를 안다. 우리 학교에서 가장 인기 많은, 수많은 여학생이 짝사랑하고 있는 사람. 순정 만화에 나올 것만 같은 그런 남자. 그는 나를 알고 나도 그를 안다. 우리가 서로를 아는 건 어쩌면 당연한 일일지도 모른다. 서로에 대해 들은 소문의 결이 180도 다른 것일 뿐. 우리 둘이 같은 테이블에 앉아있는 모습을 볼 사람들의 시선이 눈앞에 그려졌다. 나는 고개를 푹 숙였다. 그때, 남자가 말을 꺼내기 시작했다.

"단도직입적으로 말씀드리겠습니다. 제 졸업 작품에 모델이 되어 달라고 부탁드리러 왔어요."

이건 또 무슨 말이지? 나는 고개를 들고 그를 바라봤다. 잘생긴 남자. 그게 그 사람을 나타낼 수 있는 가장 완벽한 표현이었다. 그보다 더 딱 맞는 단어는 이 세상에 존재하지 않았다. 아무 말 없이 빤히 얼굴만 보고 있자, 남자는 아차 싶었는지 자신을 소개하기 시작했다. 자신의 이름과 과, 그리고 현재 내학교 4학년이라는 것을 말해주었다. 나보다 3년 선배였다.

그가 자기를 소개하지 않았어도 나는 내 앞에 있는 남자를 알고 있었다. 하지만 아무 말 없이 그저 듣기만 했다. 그의 목소리가 투박한 내 목소리에 묻히는 것이 싫었다.

그의 말을 정리해보면 선배는 지금 사진학과 4학년 2학기를 다니고 있다. 사진학과에서는 졸업하기 위해선 졸업 작품으로 사진을 하나 찍어서 제출해야 한다는데 자신이 정한 컨셉과 내가 딱 맞아떨어진다고. 꼭 나를 모델로 쓰고 싶다는 말을 재차 거듭했다.

나는 대답하지 않았다. 어떻게 대답해야 할지 몰랐다. 그저 사람들이 우리 둘을 번갈아 비교하며 바라보는 이 상황을 벗어나고 싶다는 생각이 컸다.

…동시에 계속 이 남자와 함께 있고 싶다는 생각도 조금은 들었다. 마음의 아주 일부분이었지만.

선배는 이후로도 나를 종종 불러냈다. 처음에는 왜 나를 부르지, 라는 생각에 조금 망설였지만 결국 내 선택은 그와 함께 시간을 보내는 것이었다. 그와 함께 다니면 때때로 대학로를 지나는 여학생들의 시기 섞인 욕설이 귀에 들리기도 했다. 처음에는 그런 시기 섞인 시선이 싫어 숨어다녔다. 하지만 내가 선배의 뒤로 숨을 때마다 선배는 내 손을 잡고 자신의 옆으로 끌어당겼다. 나를 세상 밖으로 이끌었다.

선배와 알고 지낸 후로 나는 그에 대해 많은 사실을 알 수 있었다. 선배가 자신에 대해 말해준 이야기 속에는 왜 사진학과에 진학했는지에 관한 이야기도 있었다. 그는 사진을 정말 좋아하는 듯했다. 좋아하는 것을 넘어 사랑하는 것 같았다. 사진을 보는 것, 사진을 찍는 것, 사진에 관한 모든 것에 대해 이야기할 때 그의 눈은 어느 때보다 빛났다. 나는 처음으로 용기 내서 그에게 완전한 문장 하나를 말했다.

"담에 사진 전시회 같이 가요."

잘 생기고 인기 많은, 웬만해서는 가지기 힘든 남자. 무엇보다… 나한테 다정하고 친절하게 대해주는 유일한 남자. 그럼 나는 이제야 드디어 웬만하지 않은 사람이 된 것인가? 그런 남자를 좋아할 이유는 충분하다 못해 차고 넘쳤다. 좋아하지 않을 수 없었고, 사랑하게 될 수밖에 없었다. 그가 사진을 사랑하듯 나도 모르는 새에 나는 그를 사랑하게 된 것 같았다. 내 삶의 두꺼운 인연의 끈. 그 끈의 끝을 선배가 잡고 있는 줄 알았다.

내가 선배를 짝사랑하고 있다는 걸 인지하게 된 지 얼마 지나지 않은 시점이었다. 그날도 선배가 나를 집 밖으로 불러냈었다. 한참 산책을 하고 있는데, 선배가 졸업 작품의 제목을 아직 정하지 못했다는 이야기를 전했다. 그 순간, 나와 선배 옆을 지나가는 여학생 두 명이 우리를 보고 수군거리는 소리가 내 귀에 들려왔다. 왜인지는 모르겠는데 그때 단어 하나가 머릿속을 스쳤다.

"비애."

나와 선배를 비교하는 시선의 사람들을 보고 마음 아파하는 나 자신이 안쓰럽고 역겨워서 나온 단어였을까? 그게 아니면… 선배를 짝사랑하지만 어차피 사귀지 못한다는 것을 이미 알고 있는 내 마음의 소리? 나도 모르게 비애라는 단어가 입 밖으로 튀어나왔다. 내가 말한 소리 중 가장 작지만, 가장 강렬했다.

꾸역꾸역.

도대체 꾸역꾸역 이라는 단어는 누가 제일 처음 쓰기 시작했던 것인가.

선배와 저녁을 먹고 헤어지는 길에 충동적으로 사 왔던 허접한 편의점 초코케이크의 포장지를 뜯었다. 그리고는 먹을까 말까 생각할 새도 없이 단숨에 입안 가득 쑤셔 넣었다. 우적우적 씹으며, 꾸역꾸역 삼키며 생각했다. 꾸역꾸역. 지금 내게 딱 맞는 단어였다. 먹는 와중에 선배가 내게 졸작 모델이 되어달라고 부탁한 말이 자꾸 머릿속에 맴돌았다.

선배 주위에는 분명 예쁘고 날씬한 여자들이 널렸을 텐데 굳이 왜 날 선택하는 건가는 생각이 들었지만 그는 컨셉에 꼭 맞는 사람은 나밖에 없다고 했다. 내가 아니면 안 되는 일이라는 말까지 덧붙였다. 그에게는 고민해보겠다는 말을 남기고 집에 돌아왔지만 나는 이제 확실히 안다. 그의 제안을 수락할 것이라는 걸. 선배에게 도움을 줄 수 있을 거라는 생각에 기쁘기까지 했다. 집에 돌아온 나는 옷을 갈아입기도 전에 선배에게 카톡을 보냈다. 생각 많이 해 봤는데, 모델 하겠다고. 그렇게 보냈다.

답을 보내고 10초도 되지 않아 '1'이 사라졌다. 조금 기다리니 새로운 카톡이 하나 도착했다는 알림이 떴다.

-고마워!! 그럼 내일 사진학과 과방으로 와줄래??

알겠다는 짧은 답신을 남기고는 그대로 잠이 들었다. 구름에 가린 달이 왠지 밝아 보이는 밤이었다.

나는 최대한 예쁘게 꾸몄다. 처음으로 화장을 했다. 선배와 만나기로 약속한 전날에는 빅사이즈 옷을 파는 쇼핑몰에서 겨우겨우 꽃무늬 원피스를 하나 찾아 주문했다. 굽이 있는 샌들을 신을까 했지만 샌들 사이사이로 삐져나온 살들이 예뻐 보이지 않아 그냥 신발은 편한 운동화를 신었다. 그리고 약속 시간보다 1시간 일찍 집에서 나왔다. 오랜만에 느껴보는 봄이었다. 꽃향기가 처음으로 나와 조금은 어울릴지도 모르겠다고 느낀 날이었다.

사진학과 과방에 도착한 나는 의자에 앉아 한참을 기다렸다. 얼마나 기다렸을까, 아무도 없는 과방에 가만히 있는 것이 심심해서 과방을 둘러보기로 했다. 구석에 낡은 전신거울 하나가 우뚝 서 있었다. 오랜만에 전신거울에 내 모습을 비춰봤다. 전신거울이 내 몸을 한꺼번에 담아내지는 못했다. 하지만 나의 일부분만 거울에 비친 모습도 꽤 괜찮았다고 생각했다. 어색하게 셔터를 눌러 전신거울에 비친 나를 몇 장 찍었다. 인터넷에서 본 모델 포즈를 따라 해보기도 했다. 허리에 손을 얹고, 다리를 꼬고 서서 날카로운 눈빛으로 거울 속의 나의 눈을 마주쳤다. 그러고는 혼자 피식 웃었다. 나름 당당하게 밖에서 사진을 찍고 있는 나를 보니 한 뼘 성장했다는 생각이 들었다. 사진 여러 장을 넘겨보며 SNS에 올릴 사진을 고르고 있는데 과방 문 바깥쪽에서 시끌시끌한 소리가 들려왔다. 나는 서둘러 휴대폰 화면을 종료했다. 거울을 보며 흐트러진 머리를 매만지고 있을 때, 선배가 과방에 들어왔다. 뒤이어 선배와 함께 온 사람들이 줄줄이 나타났다. 내가 그들에게 인사하려고 하는 순간이었다.

풉,

누군가 웃음을 참는 소리가 들렸다. 선배의 뒤쪽에서 들려온 것 같았다. 선배와 함께 들어온 사람 중 한 명인가? 눈으로 선배 뒤의 사람들을 빠르게 스캔했다. 하지만 얼굴 근육을 움직여 웃고 있는 사람은 아무도 없었다. 사람들의 표정은 모두 평온했다. 분명 아무도 웃고 있지 않았다. 하지만 내 귀에서는 계속 웃음소리가 들렸다. 그리고 그 소리는 점점 커졌다. 근원을 알 수 없는 웃음소리는 내 온몸을 옭아매었고, 그 자리에서 벗어날 수 없게 만들었다. 그들의 웃음소리를 피할 공간이 필요했다. 지금 나한테는 선배라는 공간이 있어야 했다. 선배의 등 뒤로 가서 숨고 싶었는데 다리가 움직이지 않았다. 그 자리에서 그대로 굳어버렸다. 입에서 외마디 두꺼운 비명을 지르자, 사람들이 내게로 다가와서 괜찮냐고 물었다. 괜찮지 않았다. 너네가 나를 보며 웃고 있는데 어떻게 괜찮아. 선배는 내가 너무 긴장한 탓이라며 조금 쉬었다가 작업에 들어가자고 했다. 시간이 지나니 점점 다리가 풀렸다.

선배는 내게 괜찮냐고 물었다. 그리고 와줘서 고맙다는 말도 덧붙였다.

계속 귓가에 맴도는 이상한 웃음소리에 찜찜한 기분이 들었지만 넘기기로 했다. 지금 내 기분을 다 따지기에는 오랜만에 만난 봄이 너무 따뜻했다. 대학에 온 후 처음 느껴보는 바깥의 따스함을 찜찜한 기분으로 날리기가 싫었다. 나는 애써 정체 모를 웃음소리가 울리는 귓가를 틀어막고 선배가 안내하는 사진학과 실습실로 이동했다.

휑한 풍경. 내가 예상한 것과 달리 실습실에는 정말 아무것도 없었다. 꽤 값이 나갈 것 같은 카메라 두 대, 3평도 채 되어 보이지 않는 좁은 탈의실 그리고 바닥. 이게 전부였다. 선배가 나를 위아래로 스윽 훑어보더니 머뭇거리며 내게 말했다.

"아… 저 태희야. 오늘 찍을 게 화장을 다 지우고 옷도 우리가 준비한 걸 입어야 하거든…"

선배의 말이 끝나기도 전에 선배와 같이 온 여학생 한 명이 클렌징티슈를 내게 내밀었다. 애써 한 화장이 아깝다고 생각하는 그 순간, 내 손에 차가운 감촉이 닿았다. 한 여학생이 클렌징티슈를 뽑아서 내 손 위에 올려놓은 것이었다. 여학생이 나를 계속 바라보았다. 마치 언제 까지 기다리게 할 거냐는 말을 하기 직전인 것 같았다. 나도 모르게 클 렌징티슈가 올려진 손이 얼굴로 향했다. 클렌징티슈가 얼굴에 닿은 그 순간, 여학생의 목소리가 귓가에 맴돌았다.

화장 지우는 게 더 나아요.

탈의실 안에 준비한 옷이 있으니 갈아입으라는 말을 하고는 등을 떠 밀어 나를 탈의실 안으로 밀어 넣었다. 탈의실 안에 걸려 있는 옷은 내 가 절대 입을 수 없는, 너무 작은 아동복 사이즈의 짧은 크롭티와 핫팬 츠였다. 내가 옷을 입지 못해 낑낑거리고 있자 밖에 있는 사람이 내 소 리를 들었는지 탈의실을 향해 크게 소리쳤다.

"그냥 대충 입고 나와요!"

옷이 투두둑 터지는 소리가 들리기 시작했다. 눈물이 나올 것 같았 지만 애써 참았다. 선배에게 내가 우는 모습을 보여주고 싶지 않았다.

탈의실 안에는 거울이 없어 내 모습을 보기 어려웠다. 옷을 입고, 아 니 옷을 몸에 억지로 욱여넣고 탈의실 밖을 나왔다. 사진 촬영을 준비 하던 사람들이 모두 다 동시에 나를 쳐다봤다. 삐져나온 뱃살, 벨트가 잠기지 않아서 그냥 열고 나온 핫팬츠, 내 모습을 거울로 보니 정말 혐 오스러웠다. 혐오 그 자체. 나 자신이 역겨웠다. 이제는 더 이상 비집 고 나오는 눈물을 통제하기 힘들다는 생각이 들 때, 갑자기 카메라 셔 터 소리가 들렸다. 이번에는 확실히 내 등 뒤에서 울려 퍼지는 소리였다. 뒤를 돌아보니 선배가 거울을 보며 울고 있는 나를 찍고 있었다.

"우리 모델 예쁘다!"

내 뒤로 거울에 비친 사람들의 모습을 보니, 그곳에 있는 모든 사람이 입을 모아 내게 그렇게 말하고 있었다. 아닌 걸 안다. 계속되는 셔터 소리. 그리고 귓가에서 맴도는 사람들의 목소리와 웃음소리. 여러 소리가 내 안에서 어지럽게 섞이고 있었다. 셔터 소리를 뒤로한 채 그대로 사진학과 실습실을 뛰쳐나왔다. 어디로 가는지는 중요하지 않았다. 그저 이 공간을 벗어나고 싶었다. 그래야만 했다.

내가 생각했던 두꺼운 인연의 끈. 그 끈이 끊긴 것인지, 아니면 원래 존재조차 하지 않았던 것인지.

한 사람의 마음에 갑자기 커다란 구멍이 뚫릴 때, 인간의 삶 속에 존재하는 관계의 끈 중에서도 유난히 두꺼웠던 끈이 툭 끊어질 때. 아니면 원래 끈 자체가 없었음을 깨달을 때. 나를 놓아버리는 순간. 견뎌내지 못하는 순간. 겉으로는 살아가고 있지만 속으로는 죽어가고 있는 시간. 살면서 누구나 그런 순간을 한 번쯤은 겪어야 한다는 그 순간이 고작 20살에 찾아온다면 아무것도 모르는 사회 초년생인 나는 어떻게 그 순간을 지나야 하는가.

사진 과방에서 무작정 뛰쳐나와 길을 걷고 있는데 갑자기 눈에서 눈물이 흘렀다. 한 방울의 눈물은 걷잡을 수 없이 불어났다. 얼마나 울었을까. 정신을 차리고 고개를 들어보니 바로 앞 카페의 투명한 유리창에 오열하고 있는 내 모습이 비쳤다. 그리고 나를 바라보는 수많은 눈동자도 함께 나타났다. 정작 거리를 둘러보면 노골적으로 나를 바라보는 사람은 없었다. 하지만 유리창에 비친 그들의 눈빛은 그야말로 경멸이었다. 유리창에 반사되어 내게로 온 사람들의 시선은 뾰족한 화살이 되어 나를 향해 날아왔다. 나를 찔렀다.

그들은 나를 바라보는데, 나는 누구를 바라봐야 할까.

씹을 것이 필요하다. 아마 집에 들어가면 나는 또 씹고 삼키겠지. 씹고 파괴하는 행위를 반복하고, 또 사람들의 시선에 묶인 채 살아가게 되겠지.

스트레스를 타파하기 위해 편의점에서 손에 집히는 대로 담아온 음식을 집에 오자마자 입에 쑤셔 넣는다. 맛을 느낄 새도 없이 행복할 새도 없이 그냥 우적우적 씹는다. 꾸역꾸역 삼킨다. 먹는 행위란 비어있는 마음을 음식으로 채우는 것, 그 이상도 이하도 아니다. 마음을 채우는 방법을 몰라 대신 위장을 채운다. 위장에 음식이 잔뜩 들어가면 부풀어 오른 위가 비어있는 마음 주머니를 눌러 그나마 덜 허전하게 만든다. 마음을 채운다는 본질적인 목적을 완전히 해결하지 못하기 때문에 먹는 것을 싫어하지만 그거라도 하지 않으면 정말 죽을 것 같아서 먹는 행위를 반복한다. 그게 여태까지 겨우 생을 버틴 내 모습이다.

계속 먹었다. 매일매일 쉬지 않고, 잠시도 멈추지 않았다. 정말 계속 씹었다. 아무것도 하지 않고 그저 먹기만, 그저 먹기만. 집 앞에는 음식을 배달하는 배달원 말고 오는 사람이 없었다. 그렇게 먹기만 한 지 일주일이 막 지난 어느 순간, 갑자기 눈앞이 어두워졌다. 정신이 아득해졌다.

다시 눈을 뜨고 가장 처음 본 것은 새하얗기만 한 천장이었다.

새하얀 천장, 코를 찌르는 약품 냄새. 이곳이 병원이라는 것을 알아차리기까지는 그리 오랜 시간이 걸리지 않았다. 무거운 눈꺼풀을 끔뻑이고 있는데, 간호사가 내 침대 쪽으로 다가왔다. 내가 눈을 뜬 것을 보고 누군가에게 전화를 걸었다. 얼마 지나지 않아 의사가 오더니 나를 이리저리 살피기 시작했다. 아마 내 담당의인 것 같았다. 무슨 일로 병원에 왔을지는 알 것 같았다. 하지만 의사는 한꺼번에 너무 많은 음식을 먹어서 쓰러졌을 것이라는 내 예상과 다른 말을 했다.

"갑자기 심한 공황장애가 와서 쓰러진 모양입니다. 스트레스받지 말고 먹고 싶은 건 맘껏 먹어요. 마침 집주인이 환자분 집에 갔기에 망정이지 그렇지 않았다면… 지금 어떻게 되었을지 몰라요."

어제가 월세 내는 날이었다는 것이 이제야 생각났다. 의사와 간호사가 모두 떠나자 나는 또 혼자 남게 되었다. 다행인지 불행인지 사진학과 과방에서 입은 옷이 아닌 환자복을 입고 있었다. 내가 입을 수 있는 환자복 사이즈가 있었구나, 라는 생각을 하고 있는데 갑자기 휴대폰이 울렸다. 나한테 연락할 사람이 없는데 누구지? 휴대폰 화면을 켜니 누군가의 이름이 나타났다. 선배의 이름이었다.

잠금을 해제하자, 보이지 않던 카톡 메시지가 나타났다. 아마 내가 쓰러졌을 때 온 메시지 같았다. 괜찮아? 졸업 작품, 덕분에 무사히 제출했어. 고맙다. 이게 전부였다.

답장하지 않았다. 그의 이름을 떠올릴 때마다 내게 맞지 않는 옷을 입고 거울 앞에서 눈물 흘리는 내가 떠올랐다. 내 귓가에서 사진학과 사람들의 웃음소리가 다시 맴돌았다. 그 순간이 머릿속에 다시 나타나자 속이 너무 쓰라렸다. 문득 그 남자가 아닌 누군가에게 나를 알리고 싶었다는 생각이 들었다. 내가 세상에 존재한다고, 나 제발 버리지 말라고 세상에 외치고 싶었다. 하지만 휴대폰에 저장된 전화번호 목록에는 내가 전화를 걸 만한 사람이 한 명도 없었다. 애초에 내가 가지고 있는 전화번호가 거의 없었다.

나 자체를 있는 그대로 바라봐줄 수 있는 사람이 과연 세상에 존재할까.

아마 없는 듯했다. 나는 내 팔뚝에 꽂혀있는 링거줄을 손으로 쥐어 뜯었다. 내 팔뚝에서 뽑혀 나간 링거는 힘없이 대롱대롱 흔들리고 있었다. 핏방울과 약물 방울이 바닥을 조금씩 물들였다.

병실 침대에서 내려와 무작정 뛰었다. 어디 가냐는 간호사들의 목소리를 뒤로한 채 병원을 나왔다. 사진학과 과방에서 나올 때처럼.

사진학과 졸작 전시회라면 학교 전시장에서 할 것이다. 예전에 선배가 스쳐 지나가듯 졸작 전시회 장소를 말한 것이 떠올랐다. 일단 거기로 갈래. 발걸음을 옮겼다.

전시장은 한산했다. 학생들이 찍은 것 같은 사진들이 커다란 액자에 인화된 채 벽에 걸려 있었다. 그중에서도 눈에 띄는 사진 하나. 거울에 비친 자기 모습을 보며 울고 있는 한 여자. 몸에 비해 지나치게 작은 옷을 입고 있는 거울 속 여자. 그 밑으로 적혀 있는 한 단어.

〈비애〉

　비애. 비애. 비애. 그게 뭔데. 그게 뭔데 왜 내 사진과 함께 있는데. 그런데 제일 화나는 건… 그게 왜 나랑 어울리는데.

　내가 그 사진 앞에서 사진을 빤히 바라보고 있자 사람들이 하나둘씩 〈비애〉 앞으로 몰려들기 시작했다. 환자복을 입고 있는 사진 속 인물이, 사진과는 너무 다른 옷을 입고 있는 사진 속 뚱뚱한 여자가 눈앞에 있다? 사람들에게는 충분히 흥미로운 상황이었다.

　날 보지 마.

　더 이상 시선으로 나를 찌르지 마.

　온몸을 사용해 〈비애〉를 막아보려 애썼다. 옆으로는 다 가려졌지만 키가 작은 탓에 윗부분은 그대로 사람들의 시선에 노출되었다. 사람들은 그 모습을 사진 찍기 시작했다.

　내 눈앞에서 터진 플래시. 그 플래시가 시작이었다. 겨우 잡고 있던 이성의 끈을 그 플래시가 앗아갔다.

　오랫동안 깎지 않아 뾰족한 손톱으로 사진을 찢기 시작했다. 터질 것 같은 옷을 입고 거울 앞에서 울고 있는 여자의 형체가 조각조각 흩어졌다. 나는 사진을 찢었고, 사람들은 사진을 찍었다. 울부짖으며 사진을 찢는 내 모습이 마구잡이로 찍혔다. 사진 속에서 비애가 빠져나가는 모습이 고스란히 그들의 렌즈에 담겼다. 빠져나간 비애가 사진 속의 나로부터 실제의 나에게로 옮겨가는 과정이 카메라에 들어갔다.

　그들은 비애의 실체를 찍는 중이었다.

○

그 사건 이후 선배는 무난한 성적으로 졸업했다는 소문만 들릴 뿐, 연락이 끊겼다. 나는 휴학한 후 정신과 약을 처방받았다. 병명은 피해망상증. 다른 사람들이 내게 피해를 준다고 생각했던 것들이 다 망상이었다고 의사는 설명했다.

내가 봤던 사람들의 뾰족한 시선이 망상이라고?

인정할 수 없었다. 사람들의 시선 때문에 내가 얼마나 아팠는데. 얼마나 숨어지냈는데. 처방받은 약을 쓰레기통에 버리며 휴대폰에서 SNS를 실행시켰다. 사진학과 졸작 전시회가 끝난 지 한 달이 지났는데 내가 〈비애〉를 찢는 모습은 아직까지 SNS상에서 활개를 치고 있었다. 습관적으로 동영상을 눌러 재생시켰다. 거울 속 뚱뚱한 자신을 마주하는… 삐쩍 마른 한 여자. 툭 치면 부서질 것 같은 팔로 사진을 갈기갈기 찢는 모습. 여러 번 그 동영상을 봤지만 볼 때마다 동영상 속 여자가 낯설었다. 그 마른 여자는 내가 아닌 것 같았다.

갑자기 구역질이 났다. 아까 급하게 집어넣은 음식들이 올라오는 느낌이 들었다. 화장실로 달려가 변기를 붙잡고 고개를 처박았다. 10분 정도 속에 있는 것들을 게워내고 나서야 구역질이 잦아들었다. 소화되고 있는 음식물이 식도를 지나 입 밖으로 다시 나오는 느낌이 이제는 익숙하다. 남들에게는 역류인 이 상황이 내게는 순류가 되어버렸다.

정신과 약을 처방하던 의사가 내게 말한 것이 하나 있다. 절대 뚱뚱하지 않으니 먹는 것에 스트레스받지 말라고. 절대 먹고 토하는 행동을 반복하지 말라는 말을 강조하는 의사의 목소리가 귓가에 맴돌았다. 의사의 말을 곱씹으며 다시 한번 전신거울에 나를 비춰봤다.

이렇게 뚱뚱한데.

사람들이 나를 향해 수군거리던 목소리가 귓가에서 지워지지 않았다. 씹을 것이 필요했다. 내 힘으로 파괴할 수 있는 것. 나는 두꺼운 옷과 모자로 온몸을 가린 채 지갑 하나만 달랑 챙겨 어두운 밤에 홀로 집을 나섰다. 지금까지 그래왔던 것처럼.

나침반을 가졌다면 조금은 달라졌을까

발행 2022년 7월 20일

지은이 신현경, 황원준, 김우성, 김태진, 보리꽁, 이주영

라이팅리더 현해원

디자인 윤소정

펴낸이 정원우

펴낸곳 글ego

출판등록 2019.06.21 (제2019-000227호)

주소 서울특별시 강남구 테헤란로216, 12층 A40호

이메일 writing4ego@gmail.com

홈페이지 http://egowriting.com

인스타그램 @egowriting

ISBN 979-11-6666-161-7